Thomas Brezina

Pferdehof in Gefahr

15 Ratekrimis

Band 4

Ravensburger Buchverlag

Die Knickerbocker-Bande

NAME: Axel Klingmeier
SPITZNAME: Früher Schrumpfkopf und Gnomi
ALTER: fast 14 Jahre
STERNZEICHEN: Steinbock
COOL FINDE ICH: Sport
TOTAL UNCOOL: Langweiler, Oberlehrer, Wichtigtuer
LIEBLINGSSPEISE: alles
BESONDERE KENNZEICHEN: Bin früher oft verspottet worden, weil ich klein bin. Heute traut sich das keiner mehr. Habe trainiert und bin der beste Sportler geworden.

NAME: Lieselotte (Lilo) Schroll
SPITZNAME: Superhirn
ALTER: fast 14 Jahre
STERNZEICHEN: Krebs
COOL FINDE ICH: Skifahren, Rafting, Krimis, starke Ideen und Mut
TOTAL UNCOOL: Feiglinge; Leute, die nicht lachen können, Trauerklöße
LIEBLINGSSPEISE: Chinesisches Essen (ich kann sogar mit Stäbchen essen)
BESONDERE KENNZEICHEN: Habe zwei blonde Zöpfe, auf die ich besonders stolz bin.

NAME: Paula Monowitsch
SPITZNAME: Poppi
(Paula finde ich einen Horrornamen)
ALTER: fast 10 Jahre
STERNZEICHEN: Fische
COOL FINDE ICH: Meine Tiere,
Tierschutz-Organisationen, Poster
TOTAL UNCOOL: Tierquäler;
Leute, die behaupten, nie Angst zu haben
LIEBLINGSSPEISE: Fruchtsalat und Melonen,
aber kein Fleisch
BESONDERE KENNZEICHEN: Ich besitze einen
Minizoo.

NAME: Dominik Kascha
SPITZNAME: (verrate ich nicht)
ALTER: fast 11 Jahre
STERNZEICHEN: Waage
COOL FINDE ICH: Lesen, Rätsel,
Leute mit Durchblick und gutem
Gedächtnis
TOTAL UNCOOL: Quatschköpfe,
erhobene Zeigefinger, strenge Erwachsene
LIEBLINGSSPEISE: Spaghetti
BESONDERE KENNZEICHEN: Meine Eltern sind
Schauspieler, und auch ich stehe bereits auf
der Bühne und vor der Filmkamera.

DIE KNICKERBOCKER-BANDE

Der Name Knickerbocker-Bande entstand …

☐ als Axel, Lilo, Poppi und Dominik von Lord Conrad of Knickerbocker ausgezeichnet wurden, weil sie seinen entlaufenen Mops gefunden hatten,

☐ **als Axel einen Weltrekord aufstellte und in 22 Knickerbocker-Hosen in nur 30 Sekunden Löcher gebissen hat,**

☐ als Poppis Papagei zum ersten Mal ein Wort von sich gab und es sich nach „Knickerbocker" anhörte,

☐ **als die vier den Zeichenwettbewerb einer Lederhosenfirma gewannen und einander bei der Preisverleihung kennen lernten,**

☐ als Dominik der jüngste Student an der Knickerbocker-Universität wurde,

☐ **als Lieselotte das Rätsel der jodelnden Knickerbocker-Hosen gelöst hat,**

☐ als Axel, Lilo, Poppi und Dominik sieben entsprungene Knickerbocker-Hosen wieder eingefangen haben,

☐ **als der Song „Knickerbocker Kiss" in der Hitparade auf Platz 1 landete.**

Richtige Erklärung bitte ankreuzen. Die Lösung steht auf Seite 119.

HALLO!

SUPER-WICHTIG!

Möchtest du Mitglied der Knickerbocker-Bande werden?

Du bist auf dem besten Weg dazu! In diesem Buch findest du viele Knickerbocker-Abenteuer, die du selbst lösen kannst! Lass deine Gehirnzellen rotieren und komm den Tätern auf die Spur! Wenn du es nicht gleich schaffst, denk an das Knickerbocker-Motto:

Ein echter Knickerbocker, lässt niemals locker!

Hier noch wichtige Tipps, bevor du dich auf heiße Spuren begibst:

- Die Lösungen der Fälle sind verschlüsselt. Mit deiner Code-Karte kannst du sie entziffern.
- Die Fälle sind unterschiedlich schwierig:

= Fall zum Grübelzellen-Aufwärmen

= Schmalspur-Schnüffler-Fall

= Hobby-Detektiv-Fall

= Meister-Detektiv-Fall

= Super-Knickerbocker-Fall

- Jeder von uns Knickerbocker-Freunden geht in eine andere Schule und hat auch dort schon einige Rätsel gelöst. Fälle aus der Schule erkennst du an diesem Stempel:

SCHULFALL
LILO

- Mini-Krimis kannst du schnell lösen, wenn du wenig Zeit hast.

mini
KRIMI

- Maxi-Krimis bringen dir spannende Abenteuer und viel Ratespaß.

MAXI
KRIMI

- Außerdem erfährst du in diesem Buch Detektiv-Tipps und Knickerbocker-Tricks!

- Falls du Fragen hast, dann schreib uns:

Knickerbocker-Bande
Postfach 177
A — 1238 Wien

Und jetzt auf ins Abenteuer! Viele heiße Spuren wünschen dir

Dominik Poppi
Lilo Axel

Die Abenteuer-Knickerbocker-Codekarte

➜ Mit deiner Code-Karte kannst du die Lösungen der Krimis entschlüsseln oder selbst Geheimbotschaften schreiben, die nur Knickerbocker entziffern können.

So entschlüsselst du die Krimi-Lösung:

➜ Lege die Karte mit der roten Seite nach oben auf das Lösungsfeld, sodass das Knickerbocker-Logo rechts steht. Die obere Kante der Karte und die obere Linie des Buchstabenfeldes müssen genau übereinander liegen. Jetzt tauchen in den Löchern die ersten Buchstaben der Lösung auf. Schiebe die Karte nun Reihe für Reihe nach unten, bis du die vollständige Lösung gelesen hast:

falsch:

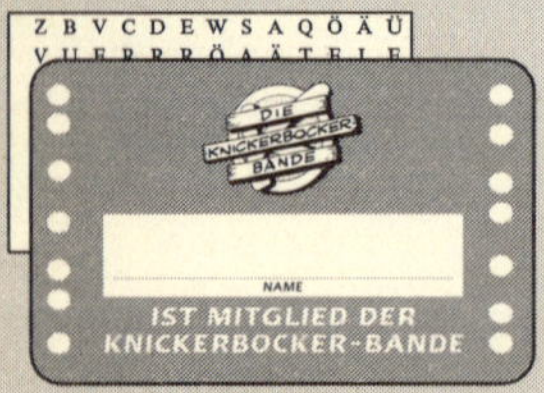

richtig:

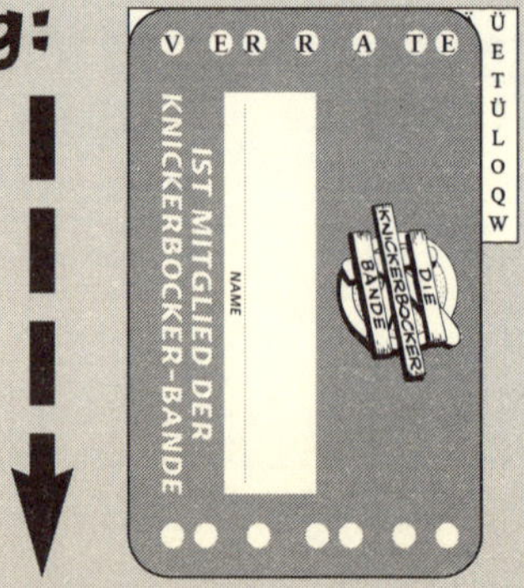

Wenn die ersten Buchstaben, die du in den Löchern siehst keinen Sinn ergeben, musst du die Karte anders auf das Lösungsfeld legen: Wieder mit der roten Seite nach oben, sodass das Knickerbocker-Logo rechts steht. Aber jetzt legst du die untere Lochreihe auf die erste Zeile des Lösungsfeldes. Falls in der ersten Zeile die Lösung noch nicht beginnt, schiebe die Karte eine Zeile tiefer. Spätestens dann ergeben die Buchstaben in den Löchern einen Sinn.

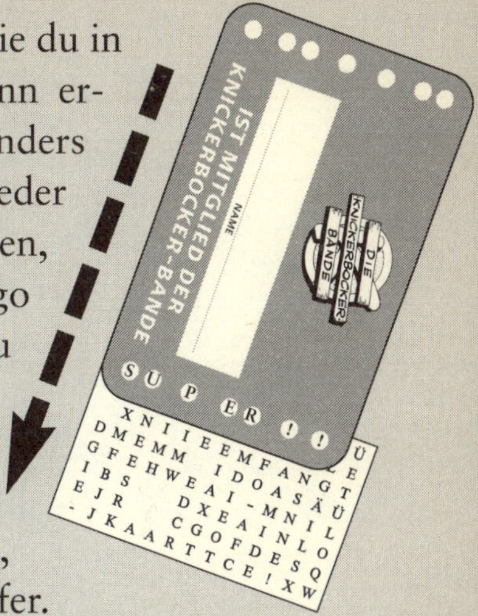

Beispiel:
Was heißt das?

Z	B	V	C	D	E	W	S	A	Q	Ö	Ä	Ü
V	U	E	R	R	R	Ö	A	Ä	T	E	L	E
	X	N	I	I	E	E	M	F	A	N	G	T
D	M	E	M	M		I	D	O	A	S	Ä	Ü
G	F	E	H	W	E	A	I	-	M	N	I	L
I	B	S			D	X	E	A	I	N	L	O
E	J	R			C	G	O	F	D	E	S	Q
-	J	K	A	A	R	T	T	C	E	!	X	W

Verrate niemandem das Geheimnis deiner Code-Karte!

Lösung:

FÄLLE

TIPPS

In den Kästchen kannst du ankreuzen, welche Fälle du schon gelöst hast.

& Tricks

Wer knattert so spät?

Die Knickerbocker-Bande hatte sich bei Axel versammelt. Die vier Junior-Detektive wollten mit Axels Vater eine Radtour unternehmen, doch der Start verzögerte sich. Schuld daran waren vor allem die Fahrräder, besser gesagt: ein Fahrradschloss. Axel hatte nämlich die vier superflotten Mountainbikes der Bande mit einer schweren Stahlkette mit Nummernschloss an einen Laternenpfahl vor dem Haus gebunden. Dummerweise war ihm dann aber die Zahlenkombination entfallen. Um die Räder zu befreien, gab es jetzt nur zwei Möglichkeiten: Entweder man sägte den Laternenpfahl um oder die vier Tüftler probierten alle Zahlenkombinationen zwischen 0000 und 9999 aus.
Sie hatten sich für Letzteres entschieden und drehten seit zwei Tagen ununterbrochen am Schloss, doch mit wenig Erfolg. Am Morgen des dritten Tages machten sie sich wieder an die Arbeit.

„Kinderlein“, meldete sich da eine Stimme hinter ihnen. Sie gehörte Amalia Runzelrock, die im Erdgeschoss wohnte und schon über 90 Jahre alt war. „Bitte, Kinderlein, seid so lieb und bringt mir eine Packung Oropax aus der Apotheke. Vielleicht ... vielleicht helfen die“, schluchzte sie.

In Axels Kopf läutete eine Alarmglocke. Frau Runzelrock war zwar alt, aber nicht von vorgestern. Er mochte sie, weil sie fast immer fröhlich und gut aufgelegt war. Da stimmte etwas nicht.

Der Junge sauste los und besorgte die Ohrenstöpsel. Gemeinsam mit seinen Knickerbocker-Kumpels überreichte er sie dann der alten Dame. Zum Dank lud sie Frau Amalia auf ein Glas Milch ein. Während die Junior-Detektive den weißen Kraftsaft schlürften, klagte ihnen Frau Runzelrock ihr Leid.

„Seit drei Tagen werde ich von einem Motorrad-Terroristen heimgesucht. Der miese Kerl kommt jeden Tag um vier Uhr in der Früh und lässt den Motor genau vor meinem Fenster laut knattern. Ich bekomme jedes Mal schreckliches Herzklopfen.“

Zur großen Überraschung der Bande hatte die alte Dame auch einen Verdacht, wer der Knatterknabe sein könnte. „Ich glaube, es ist einer meiner beiden Urenkel. Die beiden wollen ständig Geld von mir. Aber weil ich einen neuen Fernseher angeschafft habe, kann ich ihnen nichts geben. Die zwei waren beim letzten Besuch sehr unwirsch und erbost."

Die Knickerbocker-Freunde ließen sich die Adressen der feinen Früchtchen geben und besuchten sie.

Urenkel Nummer eins hörte auf den Namen Stanislaus. Er war um ungefähr zwei Jahre älter als Lieselotte und gehörte zur Kategorie der schleimigen Schönlinge.

Stanilaus war gerade dabei, seine Schmachtlocken mit dem Föhn in Form zu bringen, als ihn die Junior-Detektive zu Hause überraschten.

„Zischt ab, hier ist kein Kindergarten!", schrie er und wollte ihnen die Tür vor der Nase zuknallen.

Axel schob seinen Cowboystiefel zwischen Tür und Rahmen und fauchte den Angeber an: „Gestehe! Bist du der Krachmacher, der deiner Uroma das Leben schwer macht? Ich rate dir, sag die Wahrheit, sonst föhnen wir dir eine Stoppelglatze!"

„Neee!", wimmerte Stanislaus. „Ich hab doch nicht einmal ein Mofa!"

Dann kam Urenkel Nummer zwei an die Reihe. Er hört auf den Namen Ladislaus und war einer der „Kann-keiner-Fliege-ein-Bein-krümmen"-Typen, die es faustdick hinter den Ohren haben.

„Ich würde Uroma nie erschrecken wollen! Sie ist doch eine so liebe und freundliche alte Dame", beteuerte er mit lammfrommem Blick. Dominik spielte auf gerührt und zückte das Taschentuch.

„Jetzt muss ich aber weiter", verkündete Ladislaus.

„Wohin?", forschte Lieselotte.

„In die Fahrschule. Ich mache gerade den Motorrad-Führerschein."

Noch am selben Nachmittag hat die Krachlaus von der Knickerbocker-Bande einen Brief erhalten:

ENTWEDER DU LÄSST DEN KRACH ODER ES WIRD JEMAND ANZEIGE WEGEN RUHESTÖRUNG ERSTATTEN!

Von diesem Tag an konnte Frau Runzelrock wieder in Ruhe schlafen.

KRIMI-FRAGE:
Wer war die Krachlaus?

KRIMI-LÖSUNG:

M	S	S	W	Q	Z	F	X	Y	W	K	M	U
Q	S	B	T	A	B	N	M	I	R	S	L	7
2	A	C	U	S	L	.	E		N	E	R	Ü
Ä		A	W	U	V	S	H	S	J	T	E	K
3		A	V	O		M	S		L	M	O	2
.		D	T	O	B	R	)	R	;	A	D	Ä
V	,	E		O	B	B	W	W	O	O	H	I
M	L	V		E	U	S			C	N	I	1
M	C	W	H	T	Q		J	E	R	R	W	D
Ä	Ä	Q	H	N	X	T	V		Ö	W	U	9
,	R	F	D	E		!	E		V			K
G	V	F	R	J	I	L	G	S	A	B	Z	N
V	B	H	D	U	K		Z		W	V	P	Ü
A	V	F	Z	H	K	L	T	Z	M	U	E	R
	G	T	M	N	2	4	!	L	K	B	W	T
G	V	F	R	J	I	L	G	S	A	B	Z	N
C	F	D	E	X	T	N	K	O	P	A	Y	E
G		J	I	Ö	W	.	C	K	I	L	Q	U
R	D	E	N	I	C	H	T	P	Ö	Ü	Q	W
F	G	T	H	J	L	X	S	F	R	U	I	E
D	G	U	I	O	6	7	H	I	E	R	N	B
W	B	B	V	T	Z	S	D	E	N	I	O	

Geheim-botschaften

Hier einige neue Tricks, wie du deine Briefe und Botschaften für andere unlesbar machen kannst.

Nur wer die Tricks kennt, wird die Texte entschlüsseln und verstehen können!

Der Anfangsbuchstaben-Brief

Was möchtest du deinem Detektiv-Kollegen mitteilen? Wie lautet die Botschaft?

Zum Beispiel:

BRING DEINEN HUND MIT.

Schreibe nun einen Brief. Der Trick ist: Die Anfangsbuchstaben der einzelnen Wörter ergeben hintereinander gelesen deine Botschaft. (In Wirklichkeit werden sie natürlich nicht markiert!!!)

Der Brief könnte zum Beispiel so aussehen:

Bertram **r**ollt **i**rgendwas **n**ieder. **G**erald **d**arf **e**inen **I**gel **n**eben **e**inem **N**asenbären **h**alten.
Udo **n**immt **d**afür **m**einen **I**gel **T**heo.

Kein normaler Brief ...

Was denkst du dir, wenn du diesen Brief bekommst?

Liebe Monika! 23. 4. 1992
Dieses hektische Leben bringt nichts.
Ich werde euren Ratschlag befolgen.
Ein Hund muss ins Haus. Mit langen Ohren.
Du, wir werden viel Futter brauchen.
Ich muss für ihn eine Menge einkaufen.
Liebe Grüße!

Hast du die Botschaft erkannt?

Der Schlüssel ist die unterstrichene Vier im Datum! Das bedeutet: Lies nur jedes vierte Wort. Die Anrede ‚Liebe …' und die Verabschiedung zählen aber nicht!!!

Nun heißt die Botschaft: Bringt euren Hund mit. Wir brauchen ihn.

Du kannst natürlich auch eine Drei unterstreichen. Oder eine Sieben, eine Sechs, eine Fünf, wie du willst.

Zickzack

L S U O I H A S E A G N
A S D N C T U D N U E

Was denkst du dir, wenn du diese Nachricht erhältst?

Zum Entziffern musst du nur im Zickzack lesen. Beginne beim L und gehe zum A. Dann wieder hinauf zum S und hinunter zum nächsten S. Wieder hinauf und so weiter …

L S U O I H A S E A G N
↘↗↘↗↘↗↘↗↘↗↘↗↘↗↘↗↘↗↘↗↘↗↘↗↘↗
A S D N C T U D N U E

Die Botschaft lautet: Lass Udo nicht aus den Augen.

Du kannst sie noch mehr verschlüsseln. Bilde Fantasiewörter aus den Buchstaben. Zum Beispiel:

LSU OI HASE AGN, ASDN CTU DNU E

Das Komma bedeutet: Achtung, zweite Zeile. Schreibe die zweite Zeile unter die erste und lass nach jedem Buchstaben einen Zwischenraum. Schon kannst du im Zickzack lesen.

Die Katze mit der Glatze

MAXI KRIMI

Der Mann mit dem Panther

„Es ist entsetzlich, einfach entsetzlich“, jammerte Frau Siebenstroh und schnäuzte sich zum 67. Mal an diesem Vormittag. Wie ein Baby hielt sie eine große Packung Papiertaschentücher im Arm. „Seit einer Woche geht das schon so“, erzählte die Frau den Knickerbocker-Freunden. „Es ist kein richtiger Schnupfen, sondern ein Heuschnupfen, aber er macht mich fix und fertig. Ich sehe nichts, ich bekomme keine Luft und habe das Gefühl, mein Gesicht ist ein Schwabbelpudding.“

„Deshalb sind wir auch zu Ihnen gekommen. Ab heute versorgen wir Ihre Tiere!“, versprach Poppi.

Frau Siebenstroh besaß nämlich eine kleine Tierfarm, in der nur Tiere in Not aufgenommen wurden. Die kleine, drahtige Frau hatte schon mehrere Pferde vor dem Metzger gerettet und mindestens zwanzig herrenlose Katzen und zwölf Hunde bei sich aufgenommen. Außerdem pflegte sie auch junge Störche, die aus dem Nest gefallen waren.

„Ich habe mich nicht mehr aus dem Haus getraut, seit der Heuschnupfen begonnen hat", berichtete Frau Siebenstorch. „Nicht einmal telefoniert habe ich, weil man mich kaum versteht. Aber jetzt bin ich froh, dass Poppi durch Zufall bei mir vorbeigeschaut hat. Kinder, ihr seid mir eine große Hilfe!"

„Das machen wir gerne", versicherten die Knickerbocker und gingen an die Arbeit.

Poppi war gerade dabei, den kleinen grauen Störchen Futter in ihre schwarzen Schnäbel zu stopfen, als es im Hof polterte und klirrte. Das Mädchen stürzte aus dem Stall und sah einen bulligen Mann, der gerade auf eine Mistgabel getreten war. Dadurch war der Stiel in die Höhe geschnellt und hatte ihn genau auf die Nase getroffen.

„Mistvieh, ich kriege dich trotzdem", schimpfte er und wollte auf einen Heuhaufen klettern.

„He, was treiben Sie da?", rief Poppi ihm zu.

Der Mann zuckte zusammen und verbeugte sich artig. Dabei fiel dem Mädchen etwas auf. Er hatte das Hemd nicht zugeknöpft und trug eine schwere Goldkette mit einem protzigen Panther aus Gold um den Hals.

„Verzeihung, aber ich wollte nur Sissy abholen", erklärte der Mann.

„Sissy?" Poppi verstand kein Wort.

„Jaja, die arme kleine Katze mit der Glatze. Sie hockt hinter dem Heuhaufen. Ich möchte, dass sie bei mir ein neues Zuhause findet und sich wohl fühlt. Mit der Besitzerin der ... der ... Tierpension ist alles abgesprochen. Sie hat vor drei Tagen beim Fleischer Futter gekauft und von Sissy erzählt. Ich habe mich bereit erklärt, das arme Wesen bei mir aufzunehmen."

Poppi warf dem Mann einen misstrauischen Blick zu und meinte schließlich: „Augenblick, ich frage Frau Siebenstroh, ob sie wirklich einverstanden ist."

Mit diesen Worten verschwand das Mädchen im Wohnhaus. Kaum hatte es die Tür hinter sich geschlossen, spähte es durch die Gardinen des Vorzimmers. Der Mann blickte sich hastig um und wollte wieder Jagd auf die Katze machen. Doch genau in dieser Sekunde kamen Axel, Lilo und Dominik aus dem Hundehaus. Der Mann erschrak und suchte das Weite.

Das ist ein Lügner, schoss es Poppi durch den Kopf. Was führt der Kerl im Schilde?

KRIMI-FRAGE:

Warum hält Poppi den Mann
für einen Lügner?

KRIMI-LÖSUNG:

E	R	D	W	D	R	F	T	B	R	%	/	S
V	V	N	O	R	T		W	D	$	R	E	:
A	I	X		T	V	A	W	G	K	E	N	N
W		B	K	A	=	N	/	N	)		E	C
X	R	Y		N	$	I	!	C	?	H	T	:
S		4	M	I	A	T	D		B	F	R	M
E	A	X	U		V	S	E	I	?	E	B	A
V	E	J	N	S	J	T	I	R	A	O	H	Y
		Z	G	E	C	S		P	C	R	O	M
	C	Z	H	E	Y	N	X		’	H	A	E
W	B	R	E	N	T	!	D		F			T
G	H	U	I	K	Ö	Ä		S	A	X	Y	R
T	Z	N	M	H	Z	H	G	D	P	Ü	Ä	:
M	N	J	/	F	D	S	W	EV	F	T	&	T
F	D	§	X	V	G	H	M	K	L	Ö	F	R
D	S	E	C	F	R	G	D	V	F	R	G	B
H	M	K	L	Ö	Ü	Ä	D	E		D	R	F
T	G	Z	H	G	B	U	(	K	K	L	)	=
S	W	S	Y	X	D	E	C	F	R	G	H	Z
T	H	J	U	C	D	V	B	H		(		$
§	D	V	G	F	G	M	L	K	X	Y	R	T
Z	F	B	H	J	U	Z	T	F			C	;

Professor Meilenstein

Zwei Stunden später schlenderte die Knickerbocker-Bande durch den Jachtklub. Dort war die Katze mit der Glatze nämlich von einem Bootsbesitzer aus dem Wasser gezogen worden.

Die vier Junior-Detektive trabten über die langen Holzstege, die kreuz und quer durch den dichten Schilfgürtel führten, der sich am Ufer des Sees erstreckte. Immer wieder tauchte zwischen den langen Halmen eine Hütte auf, bei der Lieselotte dann anklopfte. Doch niemand kannte die Katze mit der Glatze. Keiner hatte sie zuvor gesehen.

Die Bande wollte schon umkehren, als plötzlich eine junge Frau angelaufen kam. „Hallo, hallo, ihr!", rief sie und winkte aufgeregt. „Ich habe von meiner Nachbarin gehört, dass ihr eine Katze gefunden habt."

„So ist es", sagte Lilo und deutete auf das maunzende Tier, das neugierig seinen Kopf unter Poppis Pullover hervorstreckte.

„Das dachte ich mir", nickte die junge Frau. „Es handelt sich um Archimedes."

Die vier Junior-Detektive verstanden nicht ganz.

„So lautet der Name der Katze", erklärte ihnen die Frau. „Ich habe Archimedes sofort an den herzförmigen schwarzen Punkten in seinen Ohren erkannt. Aber wer hat dem armen Tier eine Glatze geschoren?"

„Das möchten wir auch gerne wissen", knurrte Poppi. „Wissen Sie vielleicht, wem die Katze gehört?"

„Natürlich", lautete die Antwort. „Professor Meilenstein, der drüben am anderen Ufer eine große Hütte hat."

„Was ist das für ein Professor?", erkundigte sich Lilo.

„Er ist Chemiker, aber ich weiß leider nicht genau, womit er sich beschäftigt", berichtete die junge Frau. „Mein Name ist übrigens Karin. Karin Tipmann. Ich habe für den Professor kurze Zeit als Sekretärin gearbeitet, aber auch dabei kaum etwas über ihn erfahren. Er macht aus allem ein Geheimnis. Sogar aus seinem Alter.

Vor einer Woche habe ich einen Brief von ihm erhalten, in dem er mir erklärt hat, dass er mich nicht mehr benötigt. Ich kann das nicht verstehen, denn erst wenige Tage zuvor hatte er mich gebeten, in Zukunft öfter zu kommen."

Dominik wurde misstrauisch. „Wieso sind Sie uns eigentlich nachgelaufen? Sie konnten doch nicht ahnen, dass es sich um die Katze des Professors handelt?"

„Doch“, sagte Karin bestimmt. „In dieser Gegend hält sich sonst niemand eine Katze. Deshalb habe ich sofort an Archimedes gedacht. Und ehrlich gesagt, mache ich mir Sorgen um den Professor …“

Die Knickerbocker-Bande übergab Karin die Katze und besorgte sich ein Ruderboot. Damit wollte sie zur Hütte des Professors, um ihm einen Besuch abzustatten.

Nachdem Axel, Lilo, Poppi und Dominik den See überquert hatten, bogen sie in eine schmale, lang gezogene Bucht ein, an deren Ende das Haus des Professors lag. Die Knickerbocker-Freunde befanden sich ungefähr in der Mitte der Bucht, als ein Schuss fiel.

Entsetzt gingen die vier in Deckung. Hatte jemand auf sie gefeuert? Warum?

„Wasser!“, rief Axel entsetzt. „Wir stehen im Wasser. Wo kommt das plötzlich her?“

„Das Boot ist leck! Wir haben genau im Bug ein großes Loch“, bemerkte Poppi mit Schrecken.

Axel, Lilo, Dominik und Poppi versuchten mit den Händen das Wasser aus dem Ruderboot zu schaufeln, doch es gelang nicht.

Eine Minute später war der Kahn gesunken.

Schwimmend versuchten sich die Junior-Detektive ans Ufer zu retten. Wie Bleigewichte hingen

ihre Kleider an den Armen und Beinen und zogen die Freunde nach unten.

„Hierher!“, rief eine tiefe Stimme. Lilo blickte nach vorne und erkannte einen grauhaarigen

Mann in Latzhosen, der aus der Hütte des Professors getreten war. Er half den Knickerbockern aus dem Wasser, als sie den Bootssteg erreichten, und legte ihnen Decken über die Schultern.

Poppi zitterte am ganzen Körper. „Schnell ins Haus“, kommandierte der Mann. „Sonst holst du dir den Tod!“

Bevor die vier die Hütte betraten, warf Axel noch einen Blick zurück auf die Bucht. Ganz vorne, wo sie in den See mündete, befanden sich zwei weitere Pfahlbauten. Saß in einem von ihnen der Schütze?

KRIMI-FRAGE:

Was sagst du dazu?

KRIMI-LÖSUNG:

D	F	T	&	Z	H	N	M	L	Ö	Ä	S	E
R	N	C	E	I	I	N	;	,	$		E	X
M	R	A		H		Ä	Ä	T		T	E	N
Y		Q	N	I	I	E	X		D	I	N	I
S		R	D	A	A	S	F		T	V	O	V
E	R	N	D	E	E	R	Z	E	Z		E	P
S	N	C	D	E	É			D		E	S	S
"		2	B	O	O	O	V	T	W	E	S	V
H		D	T	R	R	E	N	F	Q	F	E	@
[	N	A		K	K	Ö		N	V	N	E	M
E	N	C	,	D	D	A	A		C		D	Ö
	I	S	E			K	W	N	V	I	C	;
	K	N	E	R	R	B	Ö	O	Q	C	K	Y
X	E	C	R			S	%	I	/	C	H	:
		C	B	E	E	R	C	E	Y	I	T	X
B	S	R		I	I	N	I		M	D	E	N
L	R	Ä		M	M	I	Y	T	Y	T	E	Y
		T	D	E	E	R	$			B	U	!
?	C	B	H	T			Y	B	Z	E	F	T
B	A	M	N	D	D	E	Ü	N	Y	.		
2	3	/	!	X	D	V	G		B	H	T	N
S	D	R	V	G	T	N	U	J	K	Ä	P	?

Die Entdeckung

Zur großen Überraschung der Knickerbocker-Freunde stellte sich der Mann in der Latzhose als Professor Meilenstein vor.

Poppi starrte ihn ungläubig an.

„Du kannst es nicht fassen“, lachte der Professor. „Aber warum eigentlich nicht?“

„Na ja, ich hab mir einen Professor anders vorgestellt“, meinte das Mädchen. „In einem langen, weißen Mantel oder einem Anzug. Schließlich sind Sie ... na ja ... nicht mehr so jung!“

Professor Meilenstein spielte auf beleidigt und verzog den Mund. „Hör zu. Nur weil ich schon einundsechzig Jahre alt bin, muss ich mich nicht grau und braun kleiden. Übrigens bin ich nicht nur ein guter Chemiker, sondern auch ein guter Teekoch. In Kürze serviere ich euch meine Spezial-Teemischung!“

Der Professor verschwand in der Küche und Lieselotte gab den anderen ein Zeichen, zu ihr zu kommen.

„Er ist außerdem nicht echt!“, flüsterte sie ihren Kumpels zu. „Ich habe den Verdacht, dass sich dieser Mann nur als Professor Meilenstein ausgibt!“

KRIMI-FRAGE:

Wieso?

KRIMI-LÖSUNG:

	S	D	E	R	F	G	T	Z	V	C	X	Y
Z	W	B	E	I	I	L			M	D	E	A
P	R	Y		E		C	C	H	N	T	E	M
H		H	P	R	R	O		F	C	E	S	M
N	S	S	O	R	R		Y	A	R	U	S	L
Ö		A	S	E	E	I	(	N	)	E	M	!
		R	A	L	L	T	M	E	K	R		X
Z	D	F	O	C	C	H	G		M	E	I	Ä
Q	N	X		G	G	E	J	H	I	E	I	?
Ä	M	S	N	I	I	S			Z	M	A	Y
X	C	§	H	T	T	.	;		B			E
F	R	B	G	T	Z	H	J		U	I	K	L
O	D	S	E	W	R	%	G	B	&	/	N	J
U		(	N	V	V	F	)	D	E	S	A	C
D	R	G	T	Z	H	N	J	U	(	/	G	F
D	$	C	G	N	"	C	F	?	;	K	G	!
S	V	*	;	K	I	J	'	S	W	S	A	Q
T	G	Z	H		N	M	J	K	O	D	E	S
A	X	Y	S	E	E	W	C	F	T	B	H	Z
F	R	D	B	H	Z	F	T	G	Z	H	Z	G
B	V	C	D	S	X	Y			S	A	W	E
F	G	T	V	G	T	H	U	I	=	K	M	:

Kopf unter Wasser!

Axel war nun einiges klar. „Wahrscheinlich hat der Typ dann sogar höchstpersönlich auf uns geschossen. Um uns abzuschrecken!"

„Darüber können wir jetzt nicht nachdenken", meinte Lilo.

Blitzschnell fassten die Knickerbocker einen Plan. Sie wollten den falschen Professor um eines seiner Boote bitten, damit zum Hafen zurückfahren und die Polizei rufen. Lilo allerdings würde bald wieder aussteigen ...

Gesagt – getan. Die vier Freunde bedankten sich für den Tee und machten sich auf den Weg. Aber kaum war der Professor wieder im Haus verschwunden, ließ sich das Superhirn ins Wasser gleiten und tauchte zur Hütte.

Leise zog sich Lilo am Steg, der rund um den Pfahlbau führte, in die Höhe und lauschte unter einem offenen Fenster.

In der Hütte befanden sich eindeutig zwei Leute: der falsche Professor und ein zweiter Mann.

„Harry", schimpfte der Professor, „du bist ein Idiot. Wieso schießt du auf die Kinder?" – „Weil es die Biester sind, die ich im Tierheim gesehen habe. Sie haben die Katze und ich wette, dieses

Vieh kann uns weiterhelfen", antwortete der andere. Es schien sich um den Mann mit dem Goldpanther zu handeln.

„Das ist kein Grund auf sie zu ballern. Zum Glück haben sie keinen Verdacht geschöpft und werden jetzt im Hafen berichten, dass sie Professor Meilenstein gesehen haben. Allerdings habe ich keine Lust, noch lange in der Maskerade herumzurennen. Der Alte soll endlich verraten, wo die Formeln versteckt sind."

„Ich kenne Mittel, um ihn zum Sprechen zu bringen", meinte der Panther-Mann und seine Stimme klang gemein und drohend.

In dem Moment hörte Lieselotte ein leises Kratzen. Jemand stöhnte und wimmerte.

Das Superhirn entdeckte an der Außenseite der Hütte eine Tür. Sie war nur angelehnt. Lilo drückte sie einen Spaltbreit auf und blickte hinein. Ein älterer Mann, der an Händen und Füßen gefesselt war, lag da.

„Hilfe ... bitte hilf mir!", krächzte er. „Seit fast einer Woche gibt er mir nichts zu essen und seit gestern auch nichts mehr zu trinken."

„Professor Meilenstein?", fragt Lilo vorsichtig.

Der Mann nickte.

Lieselotte befreite ihn hastig von den Fesseln und überlegte fieberhaft, was sie nun unternehmen sollte. Da wurde sie von hinten im Genick gepackt und in die Höhe gerissen.

„Alter, entweder du redest jetzt oder wir tauchen das Mädchen drei Minuten lang unter Wasser!", dröhnte eine Stimme, die zweifellos dem falschen Professor gehörte.

Lieselotte wollte sich wehren, aber der Mann legte ihr blitzschnell die andere Hand an die Kehle und drückte leicht zu. „Schön ruhig bleiben, sonst hast du bald Kragenweite Null", zischte er dem Mädchen ins Ohr.

Als der Professor weiterhin schwieg, stieß der Mann Lilo vor sich her aus der Hütte. Er trieb sie bis zum Rand des Holzstegs und beugte sie so weit nach vorne, bis sie fast ins Wasser fiel.

„Redest du jetzt?", schnauzte er Professor Meilenstein an.

Als wieder keine Antwort kam, wollte er Lieselotte einen Stoß versetzen, doch er kam nicht dazu.

„Hier spricht die Polizei!", ertönte eine Lautsprecherstimme. „Kommen Sie aus der Hütte, mit erhobenen Händen!"

Sofort spürte Lilo, wie sie losgelassen wurde und der Mann hinter ihr flüchtete. Das Mädchen rannte nach vorn zur Bucht und winkte dem Polizeischiff, das gleich darauf anlegte. Der Professor,

der schon ziemlich schwach war, wurde an Bord geholt und ins nächste Krankenhaus transportiert.

Zwei Polizisten durchsuchten sofort die Hütte

nach den Männern, aber als sie wieder herauskamen, machten sie lange Gesichter.

„Sie sind weg“, berichteten sie. „Alle Zimmer leer und durch das Schilf können sie nicht geflohen sein. Es gibt keinen Steg. Das Haus ist nur per Boot zu erreichen.“

Als das Polizeischiff ablegte, blickte Lilo zu der Holzhütte zurück und erschrak. Nun wusste sie, wo sich die Gauner versteckten.

KRIMI-FRAGE:

Wo sind die Gauner?

KRIMI-LÖSUNG:

M	I	M			R	B	O	O	O	G	T	O
H	.		J	E	N	S			L	=	I	;
	E	G	C	T	S		T	T	I	Ü	E	Ä
	F	E	X	R	X		A	A	L	!	S	?
A		A	V	U	H	F			D	J	E	W
Ö	M		S	E	C	R	S	S	T	W	E	A
*	N		J	B	K	I	L	L	D	X	.	W
V	F	G	T	H	U	J	M	K	B	N	J	R
E	D	F	G	F	R	G	T	U	M	K		A
G	T	H	Z	U	I	O		S	S	X	X	Y
2	3	D	S	E	V	M	K	V	F	R	S	Z
D	E	R	H	N	B	M	K	O	P	Ö	L	
S	D	S	E	W	U	Ö	L	;	M	N	J	U
C	X	Y	X	S	E	Z	T	G	U	I	J	)

Der Grund für die Katzenglatze

Eine Woche später erhielten die Knickerbocker-Freunde in der Tierpension Besuch. Der echte Professor Meilenstein hatte sich zum Glück gut erholt und kam um sich zu bedanken.

„Niemand anderer als mein eigener Assistent und Vertrauter Harry Boldenstein hat mich betrogen. Durch Zufall habe ich beobachtet, wie er versucht hat, den Tresor zu knacken, in dem ich meine Aufzeichnungen habe."

„Was für Aufzeichnungen?", fragte Axel.

„Ich arbeite an einem neuen Treibstoff, der völlig abgasfrei sein wird. Natürlich ist diese Erfindung eine Sensation, die mich bekannt und wahrscheinlich auch wohlhabend machen wird. Harry wollte mich austricksen. Aus diesem Grund habe ich meine Unterlagen vernichtet."

„Heißt das, sie sind für immer verloren?", erkundigte sich Poppi.

Der Professor schüttelte der Kopf. „Nein, nein, die wichtigsten Formeln stehen mit unsichtbarer Tinte auf dem Kopf meiner Katze. Die Schrift wird nur im UV-Licht lesbar. Aus diesem Grund habe ich auch aus dem Krankenhaus angerufen und gebeten, dass ihr sie gut pflegt und nicht entkommen lasst."

„Ein schlauer Trick“, stellte Lilo anerkennend fest.

„Harry hat mich dann niedergeschlagen und eingesperrt. Er selbst ist nun als Professor aufgetreten, damit niemandem mein Verschwinden auffällt. Archimedes, meine Katze, muss irgendwann ins Wasser gefallen sein. Zum Glück wurde sie gefunden.“

Poppi überreichte dem Wissenschaftler das kostbare Tier, das sich sofort liebevoll an ihn schmiegte.

„Na, Archimedes, hast du mir die Glatze schon verziehen?“, fragte er die Katze liebevoll. Ein heftiges Schnurren war die Antwort und das hieß wohl „Ja!“

Pferdehof in Gefahr

„Berni, komm da runter!“, schimpfte Onkel Wolfgang. Berni war Poppis Cousin. Er hatte vor drei Wochen seinen vierten Geburtstag gefeiert, und im Augenblick schien ihn die Kletterwut gepackt zu haben. Er musste überall hinaufsteigen, um größer zu sein und eine bessere Aussicht zu haben. Jetzt stand er auf einem Holzstoß, der bereits bedrohlich wackelte.

„Berni, runter!“, rief Onkel Wolfgang energisch.

Als der kleine Junge immer noch nicht hören wollte, stapfte sein Vater mit großen Schritten auf ihn zu und schnappte ihn am Kragen. Keine Sekunde zu früh. Die dicken, runden Holzscheite gerieten nämlich in Bewegung und rollten auseinander. Die Klettertour hätte für Berni ein böses Ende nehmen können.

„Bitte, bitte, nehmt mir den Quälgeist ab!“, flehte Onkel Wolfgang die Knickerbocker-Bande an. Die vier Freunde verbrachten den Freitag, den Samstag und den Sonntag auf dem Reiterhof Monowitsch und versprachen, ein wachsames Auge auf den Jungen zu werfen. „Tante Gundula kommt erst heute Abend aus der Stadt zurück, und ich muss jetzt auch weg. Ich habe einen Termin auf der Bank. Vielleicht sind wir schon bald Besitzer eines Ponyhofes." Poppis Onkel lächelte geheimnisvoll, aber seine Nichte wusste sofort, wovon er sprach. Nur einen Kilometer von seinem Reiterhof entfernt lag der Ponyhof Vogelsang. Allerdings besaß Frau Vogelsang, die Besitzerin, keine glückliche Hand. Ihre Ponys waren schlecht gepflegt und die Reitgäste blieben aus. Schon lange wurde gemunkelt, dass der Ponyhof bald verkauft werden müsste.

„Willst du den Ponyhof Vogelsang kaufen?", fragte Poppi neugierig.

Onkel Wolfgang verriet nichts. Er verabschiedete sich hastig, weil er in Eile war, und fuhr in seinem Geländewagen davon.

„Und was machen wir jetzt?", wollte Axel wissen.

„Wie wäre es mit einer Kutschenfahrt?", schlug Poppi vor.

Da Dominik nur ungern auf dem Rücken eines Pferdes saß, war er sofort einverstanden. Auch

Lilo und Axel fanden die Idee gut. Berni war begeistert.

„Halt“, sagte Lilo vor der Abfahrt. „Wenn wir wegfahren, ist niemand mehr hier.“

Poppi winkte ab. „Keine Sorge, das macht nichts. Heute ist der Pferdehof Monowitsch geschlossen. Es wurden keine Anmeldungen für Reitstunden angenommen. Wir können ohne weiteres lange fortbleiben und erst am späten Nachmittag zurückkommen. Ich habe bereits einen Picknickkorb eingepackt!“

Das Mädchen kletterte auf den Kutschbock, seine Freunde und der kleine Junge nahmen auf den etwas harten Sitzbänken Platz, und dann ging es los. Zwei Stunden lang kurvten die Knickerbocker-Freunde und Berni über die Landstraße, und während der ganzen Zeit begegnete ihnen nur ein einziges Auto.

Dummerweise machten sie dann aber Rast, und Berni hatte die großartige Idee, auf eine Tanne zu klettern. Dabei rutschte er ab und plumpste in einen Ameisenhaufen. Heulend kam er zu seiner Cousine gelaufen, die sich schleunigst mit ihm auf den Heimweg machte. Die Ameisen hatten den kleinen Jungen schlimm zugerichtet. Auf seinen Armen und Beinen zeigten sich große rote Flecken, die höllisch brannten und juckten.

Als sie auf dem Pferdehof Monowitsch eintrafen, parkte ein Jeep vor dem Wohnhaus. „Wem gehört der? Wer ist da gekommen?“, wunderte sich Poppi.

Aus dem Stall kam ein müdes Wiehern, das in den Ohren der Pferdekennerin sehr alarmierend klang. Poppi öffnete die Stalltür und sah sich um. Entsetzt prallte sie zurück. Fast alle Tiere lagen im Stroh. Auf den ersten Blick war dem Mädchen klar, dass sie krank waren. Ihre Köpfe hingen schlaff zur Seite, ihr Atem war unruhig und flach, und manche hatten sogar Schaum vor dem Maul.

„Kind, gehörst du hier zum Hof?“, fragte eine Männerstimme. Poppi blickte erschrocken auf und sah einen jungen Mann in ziemlich verdreckten Jeans und einer zerschlissenen Lederjacke aus dem hinteren Teil des Stalles kommen.

„Wer sind Sie?“, wollte das Mädchen wissen.

„Ja, das hätten wir auch gerne erfahren!“, sagte Lilo, die mit den anderen nachgekommen war.

„Emil … ich heiße Emil. Emil Fuchshuber. Ich komme vom ‚Pferdemagazin‘. Ihr wisst schon … die große Pferdezeitschrift. Ich bin heute fast 300 Kilometer gefahren und erst vor ein paar Minuten angekommen. Aber es war keiner da. Und als ich im Stall suchte, habe ich die Katastrophe entdeckt.“

„He, wieso hat dieses Pferd eine Nummer auf seiner Unterlippe?“, wollte Axel wissen. „Diese Nummer haben alle Pferde des Reiterhofs Monowitsch“, erklärte Poppi. „Sie wird den Tieren eintätowiert, um sie zu kennzeichnen. Aber das ist jetzt unwichtig! Ich muss den Tierarzt rufen. Axel, renn bitte zum Ponyhof und hol Onkel Wolfgang!“

Die Knickerbocker-Freunde stürmten aus dem Stall. Nun zählte jede Minute. „Berni, komm von dem Jeep runter!“, rief Lilo entsetzt. Poppis Cousin hatte ein neues Klettergerät entdeckt und turnte auf der Motorhaube des Jeeps herum. „Komm, du musst auch noch versorgt werden!“, stellte Lieselotte fest und schnappte den Jungen, der sofort laut zu heulen begann.

Zwei Stunden später trat der Tierarzt aus dem Stall und machte ein äußerst bekümmertes Gesicht. „Ich kann nur hoffen, dass sich alle Tiere erholen werden“, sagte er.

„Was ist mit ihnen geschehen?“, wollten die vier Knickerbocker erfahren.

„Vergiftet. Jemand hat die Tiere vergiftet! Der Täter ist sehr sorgfältig vorgegangen. Er hat ihnen die Giftpillen mit einem Blasrohr in den Hals gepustet. So mussten sie die Giftpillen schlucken!“

„Wer ist zu so einer Wahnsinnstat fähig?“, murmelte Poppi.

„Wer ... dieser Emil!“, rief Lieselotte. „Wo ist er eigentlich?“

Axel wusste die Antwort: „Weggefahren. Schon vor über einer Stunde. Er hat etwas von ‚schrecklichem Hof und schlecht geführt‘ gebrummt. Ich glaube, er wird nichts Gutes schreiben.“

„Der Kerl hat die Tiere vergiftet!“, verkündete das Superhirn. „Und jetzt ist er fort!“

„Keine Sorge, ich habe seine Autonummer notiert!“, sagte Dominik und schwenkte seinen Taschencomputer, den er neuerdings immer bei sich trug.

„Aber wie kommst du darauf, dass er es war?“, wollte Poppi wissen.

„Der Typ hat uns angelogen. Ganz einfach!“, meinte Lieselotte.

Zwei Tage später war Emil Fuchshuber verhaftet. Er gestand die Tat sofort. Allerdings war er dazu angestiftet worden. Niemand anderer als Frau Vogelsang hatte ihm den Auftrag dazu erteilt. Sie wollte den Pferdehof Monowitsch vernichten. Doch es war ihr nicht geglückt! Alle Pferde konnten sich durch die schnelle Hilfe des Tierarztes erholen.

Ein voller Erfolg für die Knickerbocker-Bande!

KRIMI-FRAGE:

Wieso wusste Lilo,
dass Emil Fuchshuber gelogen hatte?

KRIMI-LÖSUNG:

D	B	E	E	R	M	N	I	§		J	S	O
Ä	A	S	C	S	V		A	W	U	§	F	V
Y		D	Z	E	?	R			M	B	O	M
Q	T	O	U	R	Z	H	A	Ö	U	Ä	B	!
%	E		T	D	Z	E	S	A		Ö	J	E
P	E	E	O	P	$	S	.	1		4	D	B
	A	S	V		E	H	E	W	I	X	S	Y
(	S	T	)	,	:		S	G	I	E	E	T
J		W	S	A	A	R		W	K	J	A	I
R	L	T	E	.	V		E	C	M	E	I	)
(	L		/	W	)	A	R	Z		Y	S	I
Ü	C	H	L	O	M	N		S	L	D	Ä	E
M	N	G	K	E		R			D	H	A	U
S	.		E		F			G		V		G
Z	H	J	U	I	K	L	O	P	Ö	Ü	F	D
$	F	G	&	F	R	%	H	Z	(	J	H	)
D	"	D	D	§	!	S	V	V	B	N	J	?
F	G	B	H	N	J	I	U	Z	T	D	E	R
V	F	G	H	O	P	Ü	Ö	L	M	N	S	D
E	R	C	F	G	B	H	N	J	U	H	G	F
D	E	R	N	M	K	I	O	P	Ö	J	H	G
S	D	R	V	F	T	H	U	I	K	L	A	E

Geheimschriften entschlüsseln

Wie lange brauchst du, um diese Geheimbotschaften zu entziffern?

BRIEF 1:

DRO EPR WGNUS EB CTTE DN
ER TSOT AEM SBO AHE WRE

KRIMI-LÖSUNG:

Q	D	E	C	R	W		R	X	O	Q	T	Z
M	E			S	!	P	O	?	R	!	T	Z
V	W	A	F	G	%	E	N	5		3	M	7
/	U	S	"	S	X		B	B	E	C	O	M
Z	B	A	Y	C	X	H	T	S	E	S	T	D
		W	E	E	V	R	D	=	E	$	N	!
$	.		:		C			F		B	G	(
H	Z	B	)	V	F	D	C	F	R	G	T	B

BRIEF 2:

Am Nachmittag trifft Onkel Niki seinen Partner in einem Laden.
Triff Fritz am Landesplatz. Sein Chorgesang hat viel eingebracht.
Rate Fräulein Ottilie Landesmann Gurken einzukaufen.
Ich habe nämlich Anna meine Nüsse anvertraut.
China hat meine Ideen tatsächlich! Traurig aber gesund.

KRIMI-LÖSUNG:

D	E	C	F	G	B	T	%	G	F	R	N	M
?	A	!	N	T	Y	O	X	N	Q		S	N
M	P	;	I	E	;	L	?	T	!		F	@
V	A	F	L	S	%	C	§	H	"	.	V	:
X	E	Y	R	F	/	O	&	L	D	G	E	E
S		D	I	H	A	N	Y		N	A	M	O
%		C	N	A	R	C	F	H	:	M	I	"
C	T	Y	T	A	X	G	/	.	?			
Q	C	D	E	C	V	$	F	R	G	T	/	H
B	G	V	C	D	S	W	!	S	X	D	C	F
R	V	G	B	H	N	J		C	F	R	%	V
G	&	B	/	H	N	H	J	U	K	L	Ö	Ü
Ä	A	S	Y	X	§	D	E	R	F	C	C	F

BRIEF 3:

Hallo Gustav! 11.5.1998

Wie geht es dir? Ich bin wohlauf und gesund. Kenne keine Sorgen und bin nun wirklich froh und glücklich. Den Grund dafür weißt du. Dieb ist mein Bruder keiner. Es besteht kein Zweifel. Dafür ist er der Vater von Willis Tante. Ich habe meinem Bruder das nie zugetraut!

Dein Dominik!

KRIMI-LÖSUNG:

S	D	E	W	S	D	E	C	F	V	G	/	Q
X	I	Y	C	H	F		C	K	&	E	N	"
;	N	:	E		(	N	G	U	)	N		Y
D	D	%	E	N	"		§	D	%	I	E	V
V	B	F	.			E	3	S	]		I	[
D	S	R	T			W	D	I	E	L	L	X
Y	I	C	S			B	B	R	N	U	D	J
U	E	I	R	.	!		’		M			H
B	F	V	C	$	G	T	&	B	(	)	K	I
H	N	B	§	D	C	X	S	"	S	Y	!	A
S	C	F	G	R	F	C	D	E	$	C	F	
V	G	B	@		F	R	%	G	T	&	/	(
N	H	G	V	G	)		?	D	E	X	Y	R

Wie schnell hast du die drei Briefe entziffert?

In drei Minuten:
Mega-Spitzenklasse

In fünf Minuten:
Super

In sieben Minuten:
Gut

In weniger als zehn Minuten:
Du solltest trainieren!

Über zehn Minuten:
Geheimbotschaften-Training dringend nötig!

Pizza mit Zahnpasta

In der Pizzeria „Bello Roberto“ herrschte Angst und Sorge. War genügend Hefeteig da? Würde die Tomatensoße reichen? Wird der Koch mit dem Pizzabacken nachkommen? Diese Fragen hingen an diesem Donnerstag im Juli wie dunkle Gewitterwolken über der Pizzeria.

Der Grund dafür war die Knickerbocker-Bande. Die vier Freunde hatten nämlich bei einem Spiel am Strand von Palermo den ersten Preis gewonnen. Axel, Lilo, Poppi und Dominik durften einen Nachmittag lang so viele Freunde, wie sie nur wollten, in die Pizzeria „Bello Roberto“ einladen und mit ihnen nach Herzenslust Pizzas futtern.

Der Besitzer des Lokals, der schöne Roberto, hatte mit allem gerechnet. Doch damit nicht! Wie eine Horde hungriger Heuschrecken fielen 164 junge Pizza-Fans bei ihm ein und verlangten lautstark nach Nahrung. Die Nachricht von dem ungewöhnlichen Preis hatte sich wie ein Lauffeuer am Strand verbreitet und von überall waren Kinder zur Pizzeria geströmt.

Wenige Minuten später servierten die Pizzaköche höchstpersönlich die ersten Hefeteig-Frisbees.

Axel verzichtete auf Messer und Gabel und riss mit geübtem Biss ein großes Stück aus dem Teig. Da er seit dem Frühstück nichts mehr gegessen hatte, stopfte er es gierig in seinen Mund. Gleich darauf schäumte er. Und wie! Weißer Schaum quoll zwischen seinen Lippen hervor und er stürzte hustend und prustend in Richtung Toilette.

Als er zurückkam, lag ein grünlicher Schimmer auf seinem Gesicht. „Meine Pizza war mit Zahnpasta belegt", schnaufte er. „Mir ist der Appetit vergangen!" Wenn Axel das sagte, musste ihm wirklich sehr schlecht sein.

Lilo schnappte die Zahnpastapizza und stapfte damit in die Küche. „Wer war das?", schnaubte sie in fließendem Italienisch. Drei Kochmützen wurden samt den darin steckenden Köpfen geschüttelt. Ein Küchenjunge ging zaghaft hinter dem Ofen in Deckung. Schon hatte ihn Lilo am Kragen gepackt und schüttelte ihn wie ein Geschirrtuch. „Warum? Wieso?", brüllte sie den Jungen an, der so weiß wie seine Jacke geworden war.

„Weil ich hunderttausend Lire dafür bekommen habe“, keuchte der Jung-Kochlöffelartist.

„Von wem?“, forschte Lieselotte.

Ein Achselzucken war die Antwort. „Weiß ich nicht. Lagen in einem Umschlag vor meiner Tür. Mit einem Brief und einem Foto. ‚Rache ist Zahnpasta. Darum soll dieser Mistkerl auf dem Foto eine ganze Tube in sein dreckiges Maul bekommen‘ stand darin.“

„Auf deutsch?“, wollte Lilo wissen.

Der Junge nickte. „Ich spreche gut Deutsch, weil ich mit meinen Eltern viele Jahre lang in Österreich gelebt habe. Jetzt gehört ihnen das Hotel ‚Mare‘, und ich arbeite in der Pizzeria.“

In Lilos Superhirn tauchte ein Verdacht auf. Die Knickerbocker-Bande wohnte im Hotel „Mare“ und hatte dort zwei große Feinde. Sie hießen Isabella und Karl und waren mit ihren Eltern im selben Flugzeug angekommen. Gleich am ersten Tag hatten sie sich lautstark über Dominiks komplizierte Sprache und Axels Kleinheit lustig gemacht. Aus diesem Grund waren sie von den beiden samt Kleidern in den Swimmingpool geworfen worden.

Trotzdem konnten sie das Spotten nicht lassen. Klarer Fall, dass die Knickerbocker-Bande die beiden nicht zum Pizzaessen eingeladen hatte.

„Wohnst du auch im Hotel?“, fragte Lilo den Pizza-Nachwuchskoch.

Er nickte. „Ich habe ein Zimmer in dem kleinen Haus neben dem Hotel“, lautete die zittrige Antwort.

„Gut“, knurrte Lieselotte, „dann wirst du heute Abend Isabella und Karl in ihren Zimmern anrufen und sie zu dir bestellen. Kapiert?“

Der kleine Kochlöffelschwinger verstand kein Wort, willigte aber ein.

Von der Rezeption aus rief er kurz nach 7 Uhr in dem Zimmer an, das Isabella bewohnte. Artig sagte er auf, was ihm Lilo vorgeplappert hatte: „Tag. Du kennst mich. Du hast heute hunderttausend Lire und ein Foto unter meiner Tür durchgeschoben. Aber ich weiß jetzt, wie wir diesen Jungen noch mehr ärgern können. Komm heute Abend gegen acht Uhr. Abgemacht?“

Karl teilte er das Gleiche mit: „Tag. Ich weiß, dass du dem Vorgartenzwerg Axel eins auswischen möchtest. Ich hab alles so gemacht, wie du es wolltest. Ich weiß jetzt auch, was ihn noch mehr zur Weißglut bringen könnte. Heute um acht Uhr sage ich es dir. Komm in das kleine Haus neben dem Hotel und bring mindestens fünfzigtausend Lire mit!“

Pünktlich um 8 Uhr klopfte jemand an die Zimmertür des Pizzabäckers. Es war Isabella. Als ihr der Pizzabäcker öffnete, tauchte auch noch Karl auf. Die beiden traten mit rachesüchtigen Blicken in das Zimmer und trauten ihren Augen nicht. Da saß die komplette Knickerbocker-Bande und hatte eine große Pizza vor sich stehen. Belegt war sie mit Champignos, Käse, Salami, Tomaten und viel Zahnpasta.

„Mahlzeit!“, wünschte Axel.

Doch als Poppi und Dominik den beiden einen Bissen in den Mund stopfen wollten, schrie Lilo: „Stopp! Die Zahnpastapizza verdient nur einer der beiden!“ Dann bohrte sie ihren Zeigefinger in einen ganz bestimmten Bauch.

KRIMI-FRAGE:

In welchen?

Wer hatte die Idee mit der Zahnpastapizza?

KRIMI-LÖSUNG:

Z	U	J	I	K	8	6	R	W	4	0	M	Ö
E	B	S		W	W	L	A	P	R		H	T
I	T	S	A	8	B	K	E	0	L	L	Ä	Ü
A	F	.		G	O	H	B	U	W	O	D	S
H	K	L		V	S	X	I	W	E		9	U
K	L	E	I	P	N	Ü	E	5		A	X	9
D	U	R	E	K	S	6	S	W	E		M	Ö
A	Z	M		A	T	O	E	Ö	L	E	T	C
F	T	O	N	8		K	E	0	R	F	Ä	Ü
U	F	H	R	G	,	H		U	K	A	D	S
M	K		S	V	I	X	E	W		Z	A	U
U	K	M		P	K	Ü	Ü	5	C	H	X	9
E	U	N	J	K	U	6	N	W	G	E	M	5
N	B	.		W	S	L	I	P	E		H	G
W	T	U	S	8	S	K	T	0	E		Ä	Ü
A	F	L	S	G	O	H	,	U		W	D	S
O	K		E	V	R	X		W	W	O	9	U
H	K	N	T	P	E	Ü	.	5		V	L	9
Z	U	J	I	K	8	6	R	W	4	0	M	Ö
F	B	Z	R	W	A	L	O	P	Ö	M	H	T
E	T	J	Z	8	I	K	M	0	P	Ö	Ä	Ü
K	F	R	T	G	B	H	Z	U	J	M	D	D

Holzwürmer lügen nicht

Ein Tischler hat uns etwas Tolles gezeigt. So kannst du feststellen, ob ein altes Möbelstück wirklich alt ist!

Manchmal sind die angeblich alten Möbel nur aus altem Holz geschnitzt, ansonsten sind sie Nachahmungen oder Fälschungen und viel weniger wert. Original oder Fälschung? Der Holzwurm bringt es an den Tag.

Ein echtes altes Möbelstück wurde vor langer Zeit hergestellt. Im Laufe der Jahre ist dann der Holzwurm hineingekommen und hat sich seine Gänge gebohrt. Die Enden der Gänge sind als kreisrunde Löcher im Holz erkennbar.

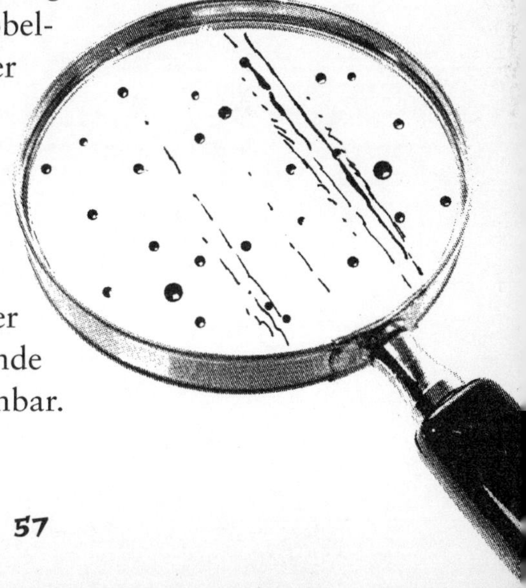

Wird aber altes Holz genommen, in dem der Holzwurm bereits sitzt, sieht das anders aus. Seine Gänge werden angesägt oder angeschnitzt und dabei meistens schräg durchgeschnitten.

Nun sind die Öffnungen nicht rund, sondern oval! Ein Zeichen dafür, dass es sich um eine Fälschung handelt.

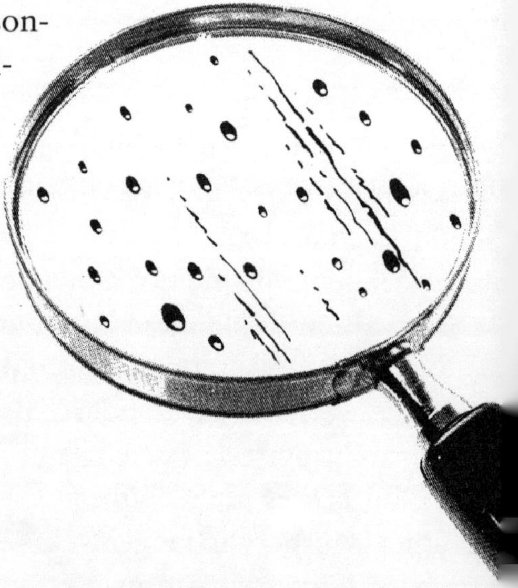

Monsterball am Eislaufplatz

„Monsterball am Eislaufplatz" stand in dicken, gruselgrünen Buchstaben auf dem Plakat neben den Kassen.

„Da gehen wir hin!", entschied Lilo.

„Klar, wir sind dabei!", bestätigten Axel, Poppi und Dominik.

„Ihr müsst euch wenigstens nicht mehr verkleiden!", grunzte es hinter ihnen. Die vier Freunde drehten sich um und sahen einen schlaksigen Burschen mit Eishockey-Helm auf dem Kopf.

„Nächstes Jahr im März habe ich einen Fünf-Minuten-Termin frei. Da werde ich über diesen Scherz lachen!", sagte Lilo trocken.

Der Bursche zuckte plötzlich und zog eine abgebrochene Flasche hinter dem Rücken hervor. „Soll ich dir den Hals durchschneiden?", brüllte er und fuchtelte wild mit dem scharfen, zackigen Ding durch die Luft. Entsetzt wichen die Knickerbocker zurück.

Mit energischen Schritten schoss nun Herr Kufenkratz, der Besitzer des Eislaufplatzes, auf die Straße und nahm dem Burschen die gläserne Waffe ab. Er schleuderte sie in einen Mülleimer und sagte drohend: „Verschwinde und lass dich hier nie wieder blicken!"

„Rache!", schwor ihm der Halbstarke, bevor er sich verkrümelte.

Am nächsten Tag gab es für die Knickerbocker-Bande und 100 weitere Minimonster eine böse Überraschung. Auf dem Eislaufplatz war nur noch Wassertreten möglich.

„Irgendein unverfrorener Strolch muss gestern Abend die Eisanlage ausgeschaltet haben!", wimmerte Herr Kufenkratz. „Die Nacht war warm und das Eis ist natürlich geschmolzen."

Das Maskenfest musste abgesagt werden. Enttäuscht marschierten die verkleideten Kinder nach Hause.

„Könnten Sie uns bitte zeigen, wo die Kältemaschine steht", bat Lilo den verzweifelten Platzbesitzer.

Herr Kufenkratz führte sie zu einem Schuppen neben den Garderoben. Die Tür war versperrt. Wie war der Eiskiller also hineingekommen?

Für die geübten Augen der Junior-Detektive war es eine Kleinigkeit das zu erkennen. Die Lüftungsluke an der Rückseite der Hütte war zertrümmert. Axel kletterte auf einen Stapel alter Zeitungen, der an der Mauer lehnte, und warf einen Blick in die Hütte. „Der Eiskiller hat leichtes Spiel gehabt“, rief er den anderen zu. „Er musste nur den Arm durch die Luke strecken und auf einen roten Knopf drücken. Schon war die Maschine abgeschaltet.“

In diesem Moment gab der Zeitungsstapel nach und der Junge landete unsanft auf dem Boden.

Aber wer war der Eisschmelzer und warum hatte er Südwind gespielt?

„Vielleicht hat einer der Krawallo-Brüder die Sache ausgeheckt“, überlegte Herr Kufenkratz. „Die beiden haben vorgestern mit Limoflaschen Eishockey auf dem Platz gespielt! Mit vollen Flaschen, die bei jedem Tor zersprungen sind. Deshalb haben die beiden Platzverbot! Einem von ihnen seid ihr gestern begegnet!“

„Er hat Rache geschworen“, überlegte Lieselotte laut. „Vielleicht hat er wirklich zugeschlagen.“

Aus dem Telefonbuch erfuhren die Knickerbocker die Adresse der Krawallo-Brüder. Ihre tatsächlichen Namen lauteten Rolf und Rupert Moosmann und sie wohnten nicht weit vom Eislaufplatz entfernt.

Kaum hatte Dominik den Finger auf den Klingelknopf gedrückt, wurde auch schon die Tür aufgerissen. Ein schmächtiger Jüngling schoss auf den Gang. Er hatte die Augen geschlossen und den Mund kussfertig gespitzt. „Mutzemaus", stieß er zwischen den gespitzten Lippen hervor.

„Der ist eindeutig zu heiß gewaschen worden", flüsterte Poppi den anderen zu.

„Oh ja", kicherte Axel. „Dabei ist der Typ ganz schön eingegangen. Der ist ja noch kleiner als ich. Ein totaler Schrumpf-Schlumpf."

„Hier ist nicht dein Mutzemäuschen", flötete Lilo. „Hier sind vier, die wissen wollen, wieso du die Eismaschine abgedreht hast. Raus mit der Sprache, Rupert!"

Der Schrumpf-Schlumpf wurde knallrot im Gesicht und tobte: „Erstens bin ich Rolf und zweitens lasse ich mich von euch nicht beschuldigen. Ich kenne euch. Ihr seid diese Knickerbocker-Bande. Ich halte euch für bekloppte Dodeldetektive! Schaut weniger Krimis und verzieht euch ins Gruselkabinett!", fluchte er und wollte sich in die Wohnung verziehen.

Da tauchte hinter ihm der zweite Moosmann auf. Der Glasflaschenkämpfer vom Vortag. Er war im Gegensatz zu seinem Bruder extrem lang und dürr geraten.

„Der hat wahrscheinlich zu lange auf der Streckbank gelegen“, spottete Axel.

Ruperts Kommentar dazu lautete nur: „Gartenzwerge verduftet!“ Mit diesen Worten knallte er den Knickerbockern die Tür vor der Nase zu.

„Wahrscheinlich leidet die Bohnenstange unter einem Dauerhöhenkoller!“, zischte Dominik. „Dort, wo sich seine Nase befindet, ist die Luft ja schon sehr dünn.“

Die Knickerbocker hatten keine Beweise, aber einen Verdacht, wer das Eis zum Schmelzen gebracht hatte. Als sich später die Polizei mit dem Vorfall beschäftigte, erfuhren die Junior-Detektive, dass sie Recht gehabt hatten. Der Monsterball wurde übrigens drei Tage später nachgeholt!

KRIMI-FRAGE:

Wer war der Eiskiller?

KRIMI-LÖSUNG:

I	U	N	B	V	C	R	E	W	S	A	9	O
R	O	N	L	B	F	.	T		E	E	S	Y
R		7	W	8	A	R	K		V	K	R	Q
L	E	K	I	T	N		W	U	X	N	F	T
D		K	H	L	A	T	B		E	D	S	Y
E	S	M	H	N	A	L	6	B	C		W	L
D	I	L	E	N		A	E	U	S	F	Ö	P
G	E	7	S	8	T	A	K	P	V	E	7	J
L	T	V	E	V	N		E	Z	S	E	9	O
I	T	N	U	B	N	G	T	E	E	N	S	Y
	G	7	E	8	B	R	K	A	V	U	R	Q
C	H	K	T	V	.		E	W	S	A	9	O
M	J	N	H	Ü	G	V	R	R	E	S	S	Y
B	Ö	7	J	8	M	9	K	J	V	C	R	Q
J	O	K	K	I	L	M	N	B	F	E	W	S
P	Ü	Ä	M	K	N	B	V	C	R	E	W	S
O	L	O	M	J	N	H	B	G	V	T	R	W
6	G	B	V	B	H	Z	T	4	E	W	I	O
3	D	5	V	G	T	Z	H	U	J	I	K	L
3	D	X	R	T	G	5	H	B	V	X	Y	M
O	U	7	G	F	E	W	Q	A	Y	X	Z	U
Z	U	I	O	P	L	M	N	Z	T	R	F	D

Geheim-botschaften übergeben

KNICKER BOCKER TRICK

Niemand darf euch beobachten, wenn ihr eine Geheimbotschaft übergebt.

Der Trick von uns, Axel, Lilo, Poppi und Dominik, funktioniert folgendermaßen: Wir vier besuchen dieselbe Bücherei. Dort verstecken wir unsere Geheimbotschaften in dem Lexikon, in dem alle Wörter mit K stehen (K wie Knickerbocker).

Ein Lexikon borgt keiner aus. Die Leute schlagen darin nur nach. Entdeckt jemand den verschlüsselten Brief, wird er ohnehin nicht schlau daraus.

Wir Knickerbocker blättern auf jeden Fall bei jedem Besuch in der Bücherei zuerst im Lexikon. Das ist total unauffällig! Keiner bemerkt, wenn wir uns auf diese Art Nachrichten zukommen lassen.

Spezialtrick von Axel:

Wenn ich eine Botschaft nur an Lilo schicken will, lege ich sie in das Lexikon mit dem Buchstaben L! Für Poppi in den Band mit dem P. Für Dominik in den Band mit dem D.

Die anderen tun das Gleiche für mich.

Jeder von uns schaut deshalb nicht nur im Band mit K, sondern auch im Band mit „seinem“ Buchstaben nach!

Spuk im Studio

„Mann, das ist unser Typ!“, jodelte eine tiefe Stimme vor der Bäckerei „Brezel & Brüder“. Die Stimme gehörte einem menschlichen Wesen, das anscheinend in Haarwuchsmittel gebadet hatte. Sein Kopf bestand fast nur aus zotteligen, schwarzen Haarsträhnen, durch die sich die Nase und die Augen nur mühsam einen Weg bahnen konnten.

Mister „Urvieh“ stürzte sich nun auf Dominik und wirbelte ihn wie einen Kreisel herum. „Mensch, dich such ich schon seit Wochen. Du spielst die Hauptrolle, kapiert? Kannst dir dein Taschengeld gründlich aufbessern. Morgen um 15 Uhr im Studio Flimmerfloh. Mich kennt man übrigens als Ferri Federweiß. Das ist natürlich nur mein Künstlername. Bin der Regisseur des Streifens. Adios Amigo!“

Nach diesem Wasserfall an Worten drückte Herr Federweiß Dominik ein Kärtchen in die

Hand und raste in einem gelben Sportwagen davon.

„Na, dein Glück möchte ich haben“, knurrte Axel. „Du gehst in die Bäckerei, um deinen Vorrat an Schaumrollen aufzufrischen. Und wenn du herauskommst, bist du ein Filmstar.“

Dominik machte eine abfällige Handbewegung. „Halb so wild. Ich habe schon in mehreren Filmen mitgewirkt. Das bin ich gewohnt!“

„Angeber!“, zischte Lieselotte.

Am nächsten Tag begleiteten Poppi, Axel und Lilo ihren Knickerbocker-Kumpel natürlich in das Filmstudio. Sie waren schon sehr gespannt, welche Rolle er diesmal spielen sollte. Als die drei Freunde es kurze Zeit später erfuhren, wurden sie von einem Lachkrampf geschüttelt. Dominik fand es weniger lustig.

Er sollte nämlich einen pickeligen Jungen in einem Werbespot spielen und musste folgende Worte in die Kamera flöten:

Mir kam kein Mädchen je zu nah,
wenn es meine Pickel sah.
Doch mit dem neuen Pickel-Killer,
werd ich schön wie ein Gorilla!

Das Lachen der Knickerbocker-Freunde wurde allerdings schon bald von gruseligen Gänsehautschauern abgelöst. Das große Zittern begann bei der Kostümbildnerin. Sie stopfte Dominik in einen weiten, bunten Pullover und in grüne Jeans. Doch als der Junge in die Hosenbeine fuhr, schrie er vor Schmerz auf. Eine lange, dicke Nadel hatte sich in seine Fußsohle gebohrt.

„Ent... entschuldige“, murmelte die Frau, „ich weiß wirklich nicht, wie die in die Hose kommt.“

Dominik warf ihr einen wütenden Blick zu und schwieg.

Bei der Maskenbildnerin wurden ihm anschließend Pickel aus Kautschuk auf das Gesicht geklebt und mit rosa Puder überschminkt. Damit der Werbestar wie eine Speckschwarte glänzte, wollte ihm die Schminktopftante noch eine fettige Soße auf das Gesicht pinseln. Zur Probe tupfte sie sich ein bisschen davon auf die Hand und verzog gleich darauf das Gesicht. Das Zeug war ätzend wie Natronlauge. Wie war die nur in den Schminkkoffer gekommen?

Doch das war nicht alles. Als sich Dominik im Studio auf ein Stück Kunstrasen setzte, krachte plötzlich ein Scheinwerfer von der Decke. Er landete drei Millimeter neben seinen Zehenspitzen.

„He! Beim Beleuchter ist wohl eine Birne

durchgebrannt!", kreischte Federweiß. „Schraub die Dinger besser an und erschlage nicht meine Stars. Aber jetzt dalli, dalli, häng 'ne neue 1000er auf!"

Der Lichtmeister zuckte mit den Schultern. „1000-Ampere-Lampen haben wir keine mehr", wisperte er entschuldigend.

„Dann 'ne stärkere", befahl der Regisseur. In diesem Moment knallte es unter Dominiks Hosenboden. Gleich darauf brannte der Plastikrasen. Irgendjemand hatte ihn mit einem Feuer-Zaubertrick angezündet. „I...i...ich kann mir das nicht erklären", bibberte Tommi Trickkiste, der für die Spezialeffekte zuständig war. „Ich hab gar keinen Feuerfunken mit. Den muss jemand anderer hingelegt haben!"

Freddi Federweiß' schwarze Zottel-Haarpracht stand zu Berge. „Unser Auftraggeber hat mir etwas erzählt, das alle Vorfälle erklären kann. Eine andere Firma hat ebenfalls ein neues Pickelmittel erfunden", erläuterte er. „Deshalb soll die Werbekampagne für den Pickel-Killer so schnell wie möglich beginnen. Dazu wird aber der Film benötigt."

„Sie meinen, die andere Firma versucht den Werbefilm zu stören?", kombinierte Lilo.

Der Regisseur nickte.

„Das tut sie nicht mehr lange“, knurrte Axel. „Ich weiß, wer hier falsch spielt und sich nur zum Stören eingeschlichen hat.“

Der Kerl wurde sofort entlarvt. Die Dreharbeiten konnten endlich beginnen und Dominiks Karriere als pickelfreier Gorilla war nicht mehr zu bremsen.

KRIMI-FRAGE:

Wer war der Störenfried?

KRIMI-LÖSUNG:

E	D	E	O	R	W		B	Y	E	X	L	:
R	E	U	Q	C	F	H	T		E	Z	R	W
;		W	B	A	E	R		T	F	I	A	H
I	L	S	A	C	T	H	.	D		S	D	A
F	I	E	L		E	S	T		Ä	I	R	M
G	K	E	G		I	D	E	F	R	F		E
E	S	C		H	2	E	I	5	N	H	W	K
U	E	R	D	F	Q	E	R	J		R	W	K
K	I	R	B	D	N		N	H	I	N	C	E
Ö	H	T	N		S	I	N	I		D	A	G
Q	M	P	A	E	R	R	E	S	,			
N	S	O		N		D	E		R	C	N	N
G		I	X	N	W		W	;	A		T	1
6	T		G	G	j	E	M	o	E	e	S	l
X	S	E		N	,	.	S		M			
Y	B	L	E	R	I	S	T	B	N	M	8	8

Der Sensations-Sessel

Dominiks Mutter verdrehte die Augen und hauchte: „Himmlisch, einfach himmlisch!“

Ihr Sohn wurde ungeduldig. „Mama, darf ich den Grund erfahren, wieso du wie eine Kuh die Augen rollst?“

Frau Kascha verzog ärgerlich den Mund und brummte: „Mein Sohn, du hast keinen Sinn für Romantik.“

Dominik konnte nicht verstehen, was an verstaubtem, altem Gerümpel so romantisch sein sollte. Er stand mit seiner Mutter vor dem Schaufenster eines Antiquitätenladens und betrachtete einen schiefen, morschen, uralten Holzsessel. Es krachte, wenn man ihn nur anblickte. Sitzen konnte man bestimmt nicht mehr darauf.

„Dieser Stuhl stand früher in einer echten Ritterburg“, schwärmte Frau Kascha. „Echte Ritter haben darauf gesessen und echte Burgfräulein. Ich hätte ihn zu gerne!“

Doch der Preis war unfassbar. Der altersschwache Sessel kostete so viel wie sieben neue samt Tisch und Teppich.

Trotzdem betrat Frau Kascha den Antiquitätenladen und ließ sich das gute Stück vorführen. Dominik zog verstohlen seine Lupe heraus und begutachtete den Sessel.

„Finger weg!", riet er seiner Mutter. „Der Stuhl ist nicht wirklich alt, sondern eine Fälschung. Da gibt es keinen Zweifel!"

KRIMI-FRAGE:

Wie kam Dominik darauf?

KRIMI-LÖSUNG:

M	D	I	5	E	2		W	/	U	§	R	"
!	M	L	X	Ö	V	C	H	B	E	K	R	L
"		S	;	I	:	N	D	S		Y	O	V
$	V	A	§	L	?	.				5		;
D	E	R	F		V	F	R	T	%	G	B	N
M	K	J	U	I	K	O	L	Ö	P	Ü	Ä	*

Der Igel mit den Eisenstacheln

mini KRIMI

Eine Katze schrie laut und schmerzerfüllt auf. Poppi sprang aus dem Bett und sauste zum Fenster. Sie riss es auf und wich entsetzt zurück.

In dem breiten Blumenkasten auf dem Fenstersims lag ihr roter Kater Blitz und streckte ihr wehleidig die blutende Pfote entgegen. Vorsichtig hob die Tierfreundin das verletzte Tier hoch, nahm es auf den Arm und trug es zu ihrer Mutter ins Schlafzimmer.

Poppis Mama hatte früher als Helferin bei einem Tierarzt gearbeitet und konnte sofort erste Hilfe leisten. Die Wunde an der Pfote des Tieres blutete, war aber nicht allzu schlimm. Es handelte sich nur um einen Kratzer.

„Ich glaube, jemand hat etwas nach ihm geworfen. Blitz hat vor meinem Fenster Katzenmusik gemacht und die Katze seiner Träume angemaunzt“, berichtete Poppi. „Aber das ist doch kein Grund, ihm wehzutun.“

Am nächsten Morgen ging es dem Kater schon bedeutend besser. Er aß sogar ein wenig.

Poppi und ihre Knickerbocker-Freunde machten sich nun auf die Suche nach dem Katzenjäger. Er musste sich im Nachbarhaus befinden, auf das Poppi von ihrem Fenster aus blicken konnte.

In einem Tulpenbeet direkt unter Poppis Fenster entdeckten die Junior-Detektive einen Briefbeschwerer. Er war aus Gusseisen, ungefähr ein Kilogramm schwer, hatte die Form eines Igels und besaß zahlreiche spitze Stacheln.

Bei genauerer Betrachtung bemerkten sie zwei dunkle Flecken an der Unterseite des Igels. Dominik befeuchtete sie und bekam blaue Finger.

„Zum Glück ist Blitz von diesem Igelmonster nur gestreift worden“, seufzte Poppi. „Sonst hätte die Sache schlimm ausgehen können. Aber welcher brutale Mensch wirft dieses Unding nach einer Katze?“

Um das herauszufinden, besuchten die Knickerbocker die drei Mieter des Nachbarhauses.

Natascha Nörgel: Eine rotgesichtige, mürrische Frau, die zu trinken schien. Auf jeden Fall schwebten aus ihrer Wohnung Alkohol-Duftschwaden.

Maria Tintelli: Sie ist Grafikerin und öffnete erst, als Poppi zum vierten Mal läutete. Sie hatte nämlich dicke Wattebüschel in den Ohren und kam durch Zufall aus der Wohnung. Sie war auf dem Weg in die Papierhandlung, weil ihr die Tusche ausgegangen war.

Kurt Pfistel: Ein hektischer junger Mann, der eine große Waffensammlung besitzt, die er stolz vorzeigte. Er war den Knickerbocker-Freunden eher unsympathisch.

KRIMI-FRAGE:

Wer hat den Eisenigel geworfen?

KRIMI-LÖSUNG:

W	F	B	B		2	2	§	,V	V		=	
B	M		A	R	D	I	W	A	E	T	I	E
H	N	J	T	E	!	L	%	L	M	I	.	.
Y		A	D	I	W	E	S		Y	B	L	C
P	A	P	U	E	Q	N	Q		C	F	L	E
M	E	N	C	K	V	E	W	N	W		S	9
D	I	S	N	D			W	T	!	U	S	?
V	C	Y	H	E	;	.	W		R			U
C	K	E	R	Y	E		E		/	S	S	Q
	E	C	B		B	C		T	S	N	R	=
M	M	N		U	E	H	V	O	L	L		W
2	N	I	J	J	D	D	F	Y	X	W	O	
2	2	•	%	U	M	Y	V	F	T	Z	U	
	D	T	Z	Z	X	C	U	I	K	L	U	
1	W	X	G	H	J	K	I	L	K		K	M
D	E	R	C	C	V	B	/	7	7	C		
	S	D	V	B	W	W	X	V	G	T	Z	
w	3	3	$		–	S	S		O	O	E	R
B	N	U	V	B	N	M	K	P	Ä	A	S	
	B	H	H	U	U	I	O	D	C	W	T	Z
C	V	B	K	L	D	F	T	W	S	V	G	;
!	S	S	U	C	H	E	N	F	I	N	D	E

Eine Schlange macht sich auf die Beine

Gleich und Gleich gesellt sich gern, sagt schon ein altes Sprichwort. Und deshalb üben die Elefanten und die Nilpferde des Zoos eine unwiderstehliche Anziehungskraft auf die Knickerbocker-Bande aus.

Vielleicht fragst du dich jetzt, was diese Tiere mit den vier Junior-Detektiven gemeinsam haben?

Die Antwort lautet: die großen Köpfe.

Aber Spaß beiseite. Da Poppi Tiere über alles gern hat, überredet sie ihre Knickerbocker-Kumpels oft dazu, einen Ausflug in den Zoo zu machen.

Es war an einem Samstag, als die Freunde durch das neu eröffnete Schlangenhaus schlenderten und ihre Nasen an den dicken Glasscheiben platt drückten.

„In diesem Terrarium liegt ein Python", verkündete Dominik, der die Tafel neben dem Glaskäfig gelesen hatte.

Die Knickerbocker blickten hinein und starrten in ein schreckensbleiches Gesicht. Entsetzt zuckten sie zurück. Was war das? Seit wann hatte ein Python das Gesicht eines Menschen? Oder hatte die Schlange gerade die Pflegerin verschlungen?

Im nächsten Moment klärte sich einiges auf. Im Terrarium des Python hockte eine junge Frau in einem grünen Overall und blickte verzweifelt nach draußen. „Rosi ist ausgerissen“, hauchte sie fassungslos, aber laut genug, dass es die vier Junior-Detektive hören konnten.

Das klang ganz nach einem Fall für die Knickerbocker-Bande. Also stapften die vier durch die Tür mit dem Schild „Eintritt verboten“ zu der Pflegerin. Händeringend stand sie im Terrarium.

Die Knickerbocker stellten sich vor und erfuhren, dass sie es mit der Tierpflegerin Ursula Schlängeli zu tun hatten.

„Rosi, die Riesenschlange, muss irgendwie ausgebrochen sein“, stöhnte Frau Schlängeli.

„Ich fress einen Besen, wenn der Python selbst ausgerissen ist“, brummte Axel. „Dann hätte er nämlich das Schloss des Abdeckungsgitters aufsperren müssen.“

Die Pflegerin unterbrach das Händeringen und warf wirre Blicke auf das besagte Schloss.

„Hugos Freund“, knurrte sie dann. „Das feine

Früchtchen. Der ist ohnehin schon lange um den Python herumgeschwänzelt."

Die Bande bat Frau Schlängeli um Aufklärung und nähere Details.

„Hugo war früher hier Pfleger. Weil er fauler als jedes Faultier war, wurde er gefeuert. Heute Mittag ist aber plötzlich ein blond gelocktes Bürschchen mit Engelsgesicht aufgetaucht. Es wollte Hugo sprechen und hat sich nicht abwimmeln lassen. Ist die ganze Zeit hier herumgestreunt und hat die Schlangen angestarrt."

Die Knickerbocker konnten zwar keinen Zusammenhang erkennen, wollten Hugo aber trotzdem auf den Zahn fühlen. Deshalb ließen sie sich von Frau Schlängeli die Adresse des ehemaligen Pflegers geben und statteten ihm einen Besuch ab.

„So ein Python ist ein Vermögen wert", erzählte Poppi unterwegs den anderen. „Und es gibt verrückte Leute, die diese Schlangen als Haustiere halten wollen. Allerdings sind Pythons nirgendwo zu bekommen. Vielleicht hat Hugo das Tier stehlen lassen und verkauft. Damit kann er eine hübsche Stange Geld verdienen."

Als die Bande die Schlaumüller-Straße erreichte, in der Hugo wohnte, entdeckten sie genau vor seinem Haus einen Blondschopf. Er hatte einen Sack über die Schulter geworfen, der sehr schwer zu sein schien. Die Junior-Detektive rannten los und kreisten das blonde Engelsgesicht ein.

Lilo nahm ihm den Sack aus der Hand und warf einen Blick hinein. Rosi lag tatsächlich drinnen!

„Keine Ahnung, wie sie da hineingekommen ist“, stammelte der Blondkopf.

„Stell hier keinen Weltrekord in blöden Ausreden auf“, warnte ihn Axel. „Du wirst uns sofort verraten, wie du heißt und für wen du diesen Wahnsinn gemacht hast!“

Der Blonde schwieg eisern. „Fertig machen, Freunde, zur Kitzel-Attacke!“, schrie Lilo. Und schon krabbelten acht Hände unter die diebischen Arme. Das Engelsgesicht erstickte fast vor Lachen und merkte nicht, wie die Knickerbocker dabei seine Hosen- und Jackentaschen nach Ausweisen absuchten.

„Nichts!“ Dominik trat den Rückzug an. „Nur ein paar Münzen, ein Päckchen Kaugummi, ein alter Totoschein, ein Taschenmesser, zwei Schlüssel, drei verrostete Schrauben und ein Kugelschreiber.“

„Das reicht völlig“, meinte Lieselotte zufrieden. „Ich weiß jetzt, wie sich der Kerl schimpft und welche Wohnung er verstinkt. Wahrscheinlich wird ihn der Tiergarten anzeigen.“

Daraufhin packte den Blondschopf die Panik. Er brachte gemeinsam mit den Junior-Detektiven die Schlange zurück und entschuldigte sich bei Frau Schlängeli. Wie sie richtig vermutet hatte, war Hugo sein Auftraggeber gewesen. Um nicht angezeigt zu werden, mussten beide eine Woche lang Schlangenkäfige putzen.

KRIMI-FRAGE:

Woher wusste Lilo plötzlich
Namen und Adresse?

KRIMI-LÖSUNG:

E	R	H	A	T	T		.	Q	U	E	R	R
K	V		O	M	L		A	T	M	O	T	M
M	O		-	S	Y	C	X	H	W	E	I	9
1	N	4	.		S	D		O	;	R	T	Y
A		T	S	T	B	E	R	H	K	E	N	L
2			S	I	C	E	T		U	D	R	W
P	A	Ü	U	F	Ö	.	R		X			R
U	G	F	V	T	H	I	O	C	V		;	0
A	B	B	X	W	U	O	P	Ä			S	D
W	C	V	T	B	N		M	M	M	Ä	Ö	3
	V	E	R	W	I	R	R	X	S	Y	P	I
E	L	,S	F	/	&	B	N	M	I			
	A	R	R	E	N	N	S	I	N	N	D	F
R	E	C	H	B	B			%	-	S	J	I
A	U	L	M	K	O	S	Z	T	T		Z	O
R	I	O	M		4	5		D	T	Z	O	P
D	G	T	B	N	H	U	I	W	E	R	T	V
5	§	!	?	X	X			X	K	L	E	T
J	K	L	Ö	Ä	S	T	Z		I	U	5	5
	2	E	V	B	R	T	H	N	T	Z	M	W
	C	C	X	B	R	N	M	?	"	S	S	U
D	V	N	M	U	R	T	Z	U	U		R	R

Die Grüne Hand

Die vier Knickerbocker-Freunde waren eine Woche lang zu Besuch bei Poppis Tante Ludmilla Gräfin von Lindenstein auf Schloss Lindenstein. Sie langweilten sich entsetzlich. Es gab hier einfach nichts zu erleben. Allerdings traf das nur für die ersten drei Tage zu.

Am vierten Tag geschah es dann. Die Knickerbocker-Bande lag flach. Axel, Lilo, Poppi und Dominik lagen auf dem Bauch und starrten durch ein kleines Loch im Holzboden in die darunter liegende Küche. Sie befanden sich auf dem Dachboden des Schlosses, auf dem seit wenigen Minuten das Prasseln des Regens auf den Dachschindeln laut zu hören war.

„Gleich kommt die Köchin und stellt den Suppentopf auf den Tisch", erklärte Poppi den anderen. „Sie stellt ihn immer an dieselbe Stelle, genau unter dieses Loch. Dann geht sie ins Nebenzimmer, bindet sich dort ihre Schürze um und erst dann trägt sie die Suppe in das Esszimmer zur Gräfin."

„Und, was hast du vor?", fragte Lieselotte.

Poppi grinste. „Ich lasse Gipspulver in die Suppe rieseln. Dann wird sie hart und es gibt eine Überraschung für die Köchin. Das ist die Rache dafür, dass sie gestern Schnecken gekocht hat. Sie hat die armen Tiere bei lebendigem Leib in kochendes Wasser geworfen!" Poppi war jetzt noch wütend.

Die Köchin kam mit dem dampfenden Suppentopf und stellte ihn ab. Das Klicken der Tür verriet, dass sie nach nebenan gegangen war. Poppi griff gerade zur Gipstüte, als Axel plötzlich zischte: „Achtung ... seht mal!"

Die vier Junior-Detektive schafften es tatsächlich, gleichzeitig durch das kleine Loch nach unten zu spähen. Sie beobachteten eine dunkel gekleidete Gestalt, die eine breite Kapuze über den Kopf gezogen hatte. Eine Hand, die in einem grünen Handschuh steckte, holte ein Glasröhrchen unter dem Mantel hervor und schüttete weißes Pulver in die Suppe. Danach ergriff die „Grüne Hand" den Schöpflöffel und verrührte das Pulver.

Lautlos huschte die Gestalt aus dem Raum.

Lilo sprang auf und hetzte die knarrende Holztreppe nach unten. Sie rannte in die Küche und

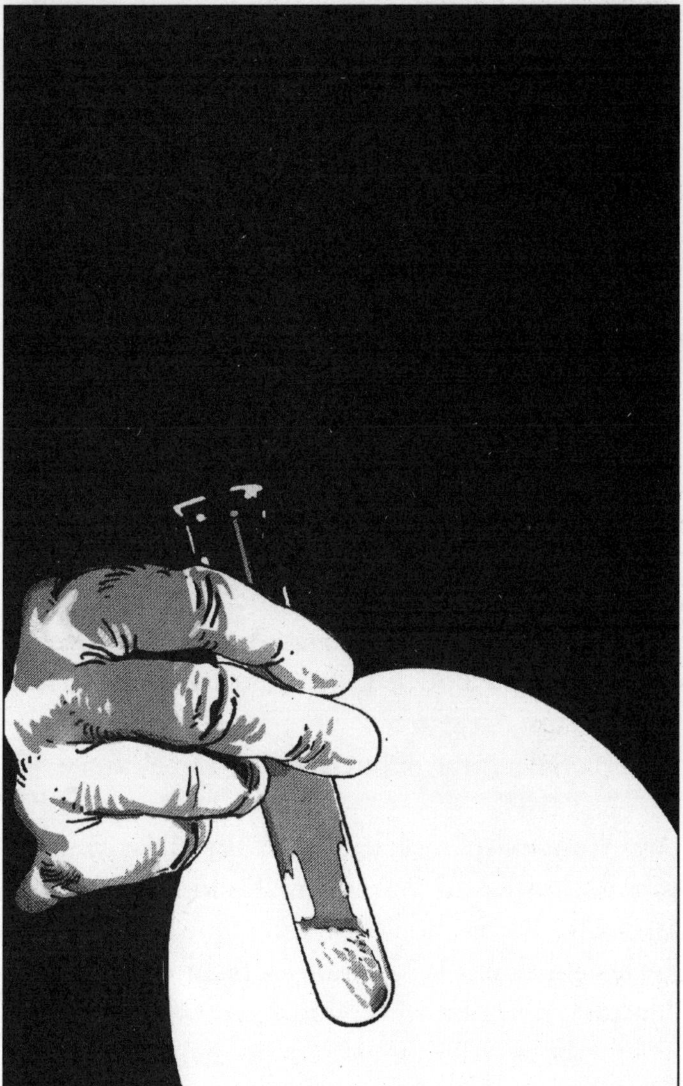

blieb erschrocken stehen. Der Suppentopf war nicht mehr da. Die Köchin musste mit ihm bereits unterwegs zum Esszimmer sein.

„Gift!“ Dieses Wort hämmerte und dröhnte in ihrem Kopf. Die geheimnisvolle Gestalt hatte wahrscheinlich Gift in die Suppe geschüttet.

„Elendes Mistvieh!“, hörte sie die Köchin schimpfen. Lieselotte hastete in die Halle des gräflichen Schlosses. Die Köchin hatte die Suppe dort kurz abgestellt. Hasso, der dicke Bernhardiner, hatte sich sofort darauf gestürzt und den Topf halb leer geschlabbert.

Lilo starrte ihn mit großen Augen an. Nun würde sich zeigen, ob tatsächlich Gift in der Suppe war. Während die Köchin noch heftig schimpfte, begann Hasso zu torkeln. Winselnd ließ er sich zu Boden fallen und robbte über die Fliesen zum Ausgang.

„Einen Tierarzt, schnell!“, rief Lieselotte.

Drei Stunden später hatten sich alle, die zurzeit im Schloss anwesend waren, im Kaminzimmer versammelt. Da es noch immer regnete, hatte der Butler ein Feuer im Kamin entfacht. Gräfin Lindenstein, ihr Sohn Max, ihre Nichte Olga und die Knickerbocker-Bande saßen in dicken, weichen Ohrensesseln.

„Hasso wird überleben“, berichtete die Gräfin, die sehr bleich im Gesicht war. „Der Hund hat mir das Leben gerettet, mich hätte schon eine Tasse der Suppe umgebracht. Ich habe den dringenden Verdacht, dass einer von euch mich ermorden wollte, um schneller an die Erbschaft zu gelangen.“

Ein empörtes Schnauben ging durch den Raum. Die Gräfin ließ sich davon nicht aus der Ruhe bringen. „Ich will wissen, wo ihr euch zur Mittagszeit aufgehalten habt. Max?“

Der schlaksige junge Mann sprang auf und rief: „Du willst mir einen Mordversuch in die Schuhe schieben? Ich bin erst vor einer Stunde hier angekommen und habe mich gleich in mein Zimmer zurückgezogen.“

„Olga?“ Die Gräfin blickte ihre Nichte fragend an.

„Ich? Ich habe gelesen. Der Grund, warum ich heute nicht mit dir zu Mittag essen wollte, ist ... ich habe mir den Magen verdorben. Gestern ... ich glaube, der Hummer war nicht frisch.“

In diesem Moment wurde die Tür geöffnet und der Butler trat ein. „Ich wollte dem jungen Herrn nur sagen, dass das Dach seines Cabrios offen ist. Ich glaube, er sollte es schließen!“, meldete er näselnd.

Max nickte und verließ das Zimmer. Olga, der die Situation sehr unangenehm zu sein schien, folgte ihm.

„Nun, was sagt ihr?“, erkundigte sich die Gräfin Lindenstein bei der Knickerbocker-Bande. Die vier berieten sich kurz und dann verkündete Poppi: „Tante Ludmilla, ruf die Polizei. Jemand hat gelogen. Daran besteht kein Zweifel!“

KRIMI-FRAGE:

Wer war die „Grüne Hand“?

KRIMI-LÖSUNG:

S	F	R	T	B	N	F	G	Z	H	D	E	H
(	M	F	A	,X	.	.			E	E	R	
D		R	I	S	S	T	B		M	S	C	$
/	H	F	O	N	N		G	V	E	O	R	M
Z		Y	M	I	I	T	Q	T	N	A	G	E
G	S	M	G	E	E	K	B	O	=	M	M	S
R	E	R	N	.	.		G	S	E	O	N	Q
M	S	Y	T			H	§	Ä	%	T	T	?
F	E	G		E	E	R	W			D	A	R
Y	S	Z		A	A	U	G	T	T	O	D	Ö
Ä	A	W	C	H	H		N	N	M	I	C	E
Ü	H	Ö	T			O	Z	F	K	F	E	A
B	N	(	G	E	E	L	S	A	B	S	S	Y
1	E	4	N	.	.		G		T			N
H	J	O	S	X	V	F	T	G	Z	H	J	K
L	Ö	Ä	W	A	S	X	D	E	S	V	G	T
H	J	I	O	P	Ö	V	B	G	F	T	B	R
D	X	Y	Z	Y	X	$	F	C	/	N	H	M
J	O	?	D	C	V	G	F	!	M	L	Ö	P
Ä	Ü	S	W	A	V	F	D	C	D	F	R	T
B	H	T	Z	H	N	J	K	M	K	G	F	N

Der goldene Bär

SCHULFALL AXEL

Es war in der großen Pause. Axel hatte gerade eine grauenhafte Matheprüfung hinter sich. Florian, dem Flüsterer, verdankte er, dass seine Note noch halbwegs gut ausgefallen war. Florian saß in der ersten Bank und war im Vorsagen absolute Megaspitze! Keiner konnte besser flüstern als er. Die Lehrer hörten ihn nicht. Die Prüflinge aber sehr wohl.

Axel wollte sich bei Florian bedanken, konnte ihn aber weder in der Klasse noch auf dem Gang finden.

„Florian hat wieder mal Geschichtenstunde!“, grinste Susi, die eine Bank mit ihm teilte. „Er ist bestimmt auf dem Schulhof!“

Axel hatte keine Ahnung, was Susi meinte, schlenderte aber in den Hof.

Tatsächlich saß Florian dort auf seinem Fahrrad, umringt von Schülern der unteren Klassen. „Vielleicht liegt noch einer dort“, hörte Axel Florian sagen. „Wenn ihr mich fragt, ist die Wahrscheinlichkeit groß. Aber den genauen Fundort verrate ich euch nicht einfach so. Jeder von euch zahlt einen Fünfer, sonst suche ich selbst.“

Axel traute seinen Augen nicht. Die Schüler begannen augenblicklich in ihren Taschen zu kramen und zogen die gewünschten Münzen hervor. Florian sammelte das Geld und steckte es ein.

„Ich habe den goldenen Bären vor genau vier Wochen gefunden. Er muss schon lange im Wald vergraben gewesen sein. Doch im Laufe der Jahre hat der Wind die Walderde weggeblasen und deshalb hat ein goldenes Ohr hervorgeblitzt. So bin ich auf die Spur des Bären gekommen“, berichtete Florian. Vor Staunen stand den meisten seiner Zuhörer der Mund offen. „Als ich zu buddeln begann, habe ich eine Art Riesen-Teddybär ans Licht befördert. Einen Riesen-Teddy aus purem Gold!“

„Wie groß war er? War er innen hohl?“, wollte ein Junge wissen.

Florian schüttelte den Kopf. „Der Bär hat mir fast bis zum Knie gereicht und war durch und durch aus Gold. Nicht hohl! Ich habe ihn sofort zu einem Kunsthändler getragen. Der hat festgestellt, dass es sich um eine Figur aus der Römerzeit handelt. Ein englisches Museum hat den goldenen Bären sofort gekauft und ein Vermögen dafür bezahlt. Für das Geld könnte ich mir mindestens fünfzig heiße Fahrräder kaufen."

„Jaja, aber wo hast du den Bären gefunden?", wollten die Zuhörer endlich erfahren.

„Ihr kennt alle die Dreier-Tanne, die Tanne, die drei Stämme hat?", flüsterte Florian geheimnisvoll.

Allgemeines Nicken.

„Geht von der Tanne zehn Schritte nach Osten, dann steht ihr auf dem Fundplatz!"

Das Klingeln der Pausenglocke beendete Florians Bericht.

Axel kochte. So gut Florian im Vorsagen war, was er hier tat, war eine Schweinerei. Er knöpfte mit Lügengeschichten den Kleinen ihr Taschengeld ab. Dabei klang die Story logisch. Trotzdem stimmte etwas an der Geschichte nicht. Axel war es als echtem Knickerbocker sofort aufgefallen. Er ließ sich von Florian keinen Bären aufbinden!

PS: Florian hat auf Axels dringende Bitte das Geld zurückgegeben. Er hatte keine Lust, demnächst 22 Reißnägel in seinem Fahrradreifen vorzufinden. Die hatte Axel ihm nämlich versprochen.

KRIMI-FRAGE:

Was stimmte nicht an Florians Geschichte?

KRIMI-LÖSUNG:

S	D	E	F	T	G	&	H	Z	N	H	Z	U
O	E	D	I	N	C		V	K	B	N	I	M
N	E	R	H	O	T	H	Z	E	S	R		Y
T	B	B	Ä	R	N		M	A	P	U	S	(
E		)	P	U	§	R	C	E	D	M		W
N	G	F	O	L	D	D	W		X	K	A	>
R	N	V	N		N	V	M	O	W	N		R
U	E	J	I	N	I	E	:	M	;		A	"
G	L	F	L	E	C	I	S	N	M		U	Z
=	N	"	M	Ö	Q	G	X	L	C	I	C	B
M	H	T		G	U	E	X	S	Y	C	H	Z
O	L	Ö	E	P	Ä	P	*	T	Ö		W	V
U	E	I	R	D	O	E	Y	N	X	.		M
Ü	D	Ö	A	S	Ä		:	D	;	I	N	!
F	G	B		W	X	Ü	Y	R	Ö	D	E	L
E		T	Ü	B	Q	E	V	R	B		2	N
R	0	T	0		M	K	Q	I	&	L	O	/
B	G	X	R	A	Y	M	V	M	B		O	E
L	D	M	E	R	B		V	M	X	E	H	Y
U	R	U		W	W	I	Y	E	W	G	E	M
/	N	E	.				G		Z			J
I	K	O	P	C	F	D	R			Z	M	:

Ablenken und Verblüffen

Manchmal ist es wichtig, Leute zu verblüffen und abzulenken. Von einem Zauberkünstler habe ich dazu einen Trick gelernt.

Ich gehe auf die Person zu, die ich ablenken möchte, starre ihr in die Augen und sage: „Wetten, dass ich Ihr Alter und Ihren Geburtsmonat sagen kann." Jeder ist über diese Ankündigung natürlich erstaunt. Ich rate dann einfach drauflos, und tippe ich daneben, sage ich: „Klar! Sie müssen viel fester an diese Daten denken. Deshalb gebe ich Ihnen eine kleine Rechenaufgabe auf:

Denken Sie fest an die Zahl Ihres Geburtsmonats. Zum Beispiel an 1 für Januar. An 2 für Februar, an 3 für März …

Diese Zahl nehmen Sie mal zwei und zählen fünf dazu. Das Ergebnis müssen Sie nun mit 50 malnehmen und das Alter dazuzählen.

Nennen Sie mir jetzt bitte das Ergebnis, das Sie errechnet haben!"

Sofort danach kann ich Alter und Geburtsmonat sagen. Du kannst das auch. Dazu musst du vom genannten Ergebnis nur 250 abziehen. Die erste Ziffer der neuen Zahl ist der Geburtsmonat. Die letzten beiden Ziffern sind das Alter.

BEISPIEL:

Arno ist 12 Jahre alt und hat im Oktober
Geburtstag.
Oktober = 10
10 x 2 = 20 + 5 = 25
25 x 50 = 1250 + 12 = 1262
Arno nennt dir die Zahl 1262. Du ziehst 250 ab.
1262 – 250 = 1012
10 = Oktober
12 = Alter

Fettaugen im Waldsee

mini KRIMI

Die vier Knickerbocker-Freunde trauten ihren Augen nicht. Sie hatten einen Ausflug zum Schwarzen See gemacht, der auf einer kleinen versteckten Lichtung im Wald lag.

Eigentlich hatten Axel, Lilo, Poppi und Dominik an diesem warmen Sommertag baden wollen, doch die Lust darauf war ihnen schnell vergangen. Dunkle, schillernde Ölschlieren schwammen auf der Wasseroberfläche.

„Welches Dreckschwein war das?“, schnaubte Axel. „Wer leert altes Öl in den Schwarzen See?“

Ein Stück weiter entdeckten die Junior-Detektive in einer Grube ungefähr 30 rostige Fässer. Einige waren bereits leck und schwarzes, stinkendes Öl tropfte aus ihnen heraus.

Gleich neben der Grube entdeckten die Knickerbocker eine Reifenspur. Jemand hatte die Fässer direkt von der Ladefläche in die Grube gerollt.

Axel, Lilo, Poppi und Dominik stöberten noch weitere Spuren auf:

▷ Abdrucke von Sportschuhen, die ziemlich tief in den Boden gedrückt waren,

▷ ein Kaugummi der Marke „Soft-Kau“,

▷ Splitter von hartem, rotem durchsichtigem Kunststoff neben einem Baum.

Außerdem fand Poppi einen zusammengeknüllten Lieferschein, der von der Firma „Blech & Co., Autoreparatur“ ausgestellt war.

Lilo kannte diese Firma und marschierte mit ihren Knickerbocker-Kumpels hin.

Der Chef der Autowerkstatt war ein hilfsbereiter und freundlicher Mann, der entsetzt war, als er von dem Öl im Wald erfuhr. Er hatte einen seiner drei Mitarbeiter in Verdacht. Alle drei hatten in letzter Zeit Fässer mit Altöl zur Problemstoff-Sammelstelle bringen sollen. Vielleicht war einer zu bequem gewesen und hatte das Geld, das die Entsorgung kostete, in seine eigene Tasche verschwinden lassen?

Die Junior-Detektive sahen sich die drei Mitarbeiter an:

Fritz Muffmann: ein großer und sehr dicker Bursche. Aus ihm waren nicht einmal drei Worte herauszubekommen.

Hans-Georg Marder: Ein sehr nervöser, kleiner, dünner Kerl, der ständig Kaugummi kaute. Die Marke war nicht zu erkennen. Er wurde knallrot, als er von der Umweltverschmutzung erfuhr. Vor Wut oder weil er ertappt worden war?

Sebastian Kling: Er ist Hobby-Jockey und erzählte den Knickerbockern von der Rennbahn. Altes Öl würde er nie im Wald verschwinden lassen.

KRIMI-FRAGE:

Zu wem führt die Spur?

KRIMI-LÖSUNG:

F	F	R	E	I	H	T	Z	T		6	M	2
	U	F	D	F	C	M	A	C	N	Z	N	
	.		M	E	A	R		E	W		A	2
	R			A	R	L	S	T			E	4
!	I	N	X	Z	Y	I	G	W	E	R	R	I
I		S	B	C	N	H	W	G	E	R	R	T
J		U	U	N	Z	D		W	H	G	A	V
E	T		V	D	=	E	S	=	H	C	A	A
L	L	B	V		W	T	I	F	E	S	F	C
	E		W	S	E	C	H	E	U	T	H	R
	A	B	?	D	!	R	Ü		C	C	K	M
Z	E		S	H	O	I	N	V	T	E	E	R
3	R	L	5	A	Y	S	S	D	E		N	/
.	.		W		G			C		R		I
O		W	Q	Ö	Ü	D	C	Ü	W	V	Y	X
?	G	U	T		V	V	E	R	R	D		M
A	T	V	G	X	T	W	S	Y	K	O	L	V
G		D	D	S	V	B	R	T	6	6		S
A	S		S	D	C	X	Z	U	V	B	M	
!		%	?	C	F	G	E	T	Z	H	J	U
A	S	D	§	V	L	L	X	E	R	T	B	
	V	E	R	Y	X	E	V	B	U	T	T	X

SUPER-KRIMI-FRAGE:

Lilo hat sofort gewusst,
welches Auto der Firma die Fässer
in den Wald gebracht hat.
Wieso?

KRIMI-LÖSUNG:

E	S	I	B	E	R		H	T	A	B	T	4
	G	E	(	S		C	H	H	A	A	U	Ü
A	T	,	X		Y	W	E	L	L	D	C	O
F	H	E	R	R	E		W	J	A	I	G	I
Y	E	N	M		H	E	I	W	N	5		6
P	B	E		S		C	H	S	Ä	Ä	D	R
V	I	G	T	T	U	E	S	I		L	O	N
S	D	E	T	R	Ä		N	K	E	R	U	S
O	E	S	Q		G	R	Ü	?	C	;	K	:
§	L	I	&	C	D	H	T			B	H	%
S	A	T	T	!	U			I		W		S
Z	G	I	D	E	V	Y	X	Z	T	D	Z	E
O	P	P	S	T	Z	Y	X	!	&	I	;	9
G	R	B	V	H	K	L	I	U	Z	E	R	D
T	U	P	Ü	Ä	A	W	Q		C	F	R	T
G	N	M	U	F	T	H	F	C	S	D	U	I
V	F	R	T	H	/	(	D	S	S	–	F	R
T	G	H	N	M	J	I	K	F	G	T	R	N
H	J	U	F	D	C		R	G	T	H	K	J
M	X	Y	S	W	A	S	E	T	R	U	O	P
Ä	Ü;	L	K	G	F	R	E	T	W	D	S	N

Die Stachelschwein-Folter

SCHULFALL DOMINIK

In meine Klasse geht ein Junge, der den Spitznamen „Schrumpfi“ hat. Auf seinen Schulheften steht Egon Willibald Gichtig, aber jeder in der Schule kennt ihn nur als Schrumpfi.

Trotz seiner vierzehn Jahre ist er überaus klein geraten und reicht mir nicht einmal bis zum vorletzten Hemdknopf. Das wäre ja nichts Schlimmes, schließlich zählt mein Knickerbocker-Kumpel Axel auch nicht zu den Riesen. Schrumpfi ist aber leider ein Schussel ärgster Sorte, der immer und überall dabei sein möchte. Er ist die reinste Nervensäge und fragt wie eine Plapperpuppe ununterbrochen: „Wohin geht ihr? Wann trefft ihr euch? Ich komme mit, was dagegen?“

In der Bank hinter ihm sitzen Mark und Michael, auch bekannt als „Doppel-M“. Sie sind Zwillinge und unterscheiden sich nur durch ein Muttermal in Karottenform, das stolz neben Marks Riechorgan prangt.

Die beiden sind mit Abstand die großmauligsten Lackaffen an unserer Schule. Stets geschniegelt, geschleckt und geschnäuzt, halten sie sich für die absoluten Superstars. Sie finden alles „bombastisch, affengeil und gigantomanisch“ – vor allem sich selbst. Und aus irgendeinem unerklärlichen Grund besitzen die Zwillings-Lackaffen eine Menge Fans.

Vor einigen Tagen haben Mark und Michael sogar Schrumpfi einen hochnäsigen Blick mit ihren Affenaugen zugeworfen.

Der kleine Westentaschen-Wichtigtuer ist gleich um 7 Komma 8 Zentimeter gewachsen.

„Du bist gar nicht so dämlich, wie alle sagen!“, flötete Mark. „Und du kannst nichts dafür, dass in deinem Kopf nur ein Zettel liegt, auf dem ‚LEER‘ steht!“

Schrumpfi hielt das für ein Kompliment und wuchs um weitere 3 Komma 4 Zentimeter.

„Alle sagen, du bist eine Schießbudenfigur. Ich finde das nicht!“, hauchte Michael. Grinsend fügte er hinzu: „Du passt viel besser ins Lachkabinett.“

Der schusselige Egon schmolz bei diesen „Komplimenten“ dahin wie ein Schneemann im Backrohr. Von diesem Moment an war auch er der größte Fan der schleimigen Schmalzbubis. Der

Team
Tactic

dumme Dreikäsehoch merkte gar nicht, dass er für die beiden nur ein putziges Spielzeug war.

Das war am Vormittag.

Am Nachmittag gab es dann ziemlichen Stunk. Ich bin zum Leichtathletik-Training in die Schule gekommen und habe auf der Straße Schrumpfis Mutter getroffen. Sie war außer sich. Söhnchen war nämlich zur Futterzeit nicht erschienen. Ich habe ein paar Klassenkumpels antelefoniert und befragt, aber niemand hatte Schrumpfi seit Schulschluss gesichtet. Einigen war jedoch aufgefallen, dass er auch nicht im Schulbus herumgeschusselt ist. Deshalb startete ich mit einigen meiner athletischen Freunde die Suchaktion „Schrumpfi". Gesucht haben wir wie die Trüffelschweine. Drei Stunden lang. Mit Erfolg.

Er war in der Biologie-Sammlung. Dort hatte ihn jemand an das Stachelschwein gebunden. Und zwar so gemein, dass Schrumpfi sich nicht bewegen konnte. Wenn er die Arme nur einen Millimeter hob, bohrten sich auch schon die Stachelschwein-Stacheln in seine Hand!

Sein Bericht lautete so: „Die Zwillinge haben mir einen Zettel zukommen lassen. Darauf stand: ‚Geheimklub-Treff nach der Schule im Biokabinett!' Ich bin darauf hereingefallen und hingegangen. Plötzlich hat mich jemand in einer schwarzen

Kutte überfallen. Er trug eine Maske vor dem Gesicht, aber ich bin sicher, es war einer der Zwillinge. Unter der Kutte habe ich nämlich seine weißen Turnschuhe Marke Superteuer gesehen. Blöderweise haben aber sowohl Mark als auch Michael diese Schuhe. Einer der beiden hat sich die Verkleidung aus der Garderobe hinter unserer Bühne geholt, mich fertig gemacht und an das Stachelschwein gefesselt!"

Schrumpfi hatte schon Angst gehabt, mit dem Stachelschwein übernachten zu müssen. Er bedankte sich mindestens 133-mal für seine Erlösung. Als wir die „Folterkammer" verließen, passierte es. Plötzlich lag ich der Länge nach auf dem Boden. Ich war auf einem Metallknopf in Krokodilform ausgerutscht. Wie kommt das Ding hierher?

Noch am selben Nachmittag haben wir die Zwillinge ein bisschen genauer gemustert und den Folterknecht entlarvt. Ich habe ihn vor die Wahl gestellt: entweder ein Nachmittag beim Stachelschwein oder eine CD als Wiedergutmachung für Schrumpfi. Der Täter hat sich für Letzteres entschieden.

KRIMI-FRAGE:

Wie hieß der Folterknecht?

Ein Tipp: Bild anschauen!

KRIMI-LÖSUNG:

W	M	I	R	C	T	H	A	V	E	H	L	.
	.		X	E	Y	R		B	H	N	A	F
	T		V	K	D	E	I	X	N	Y		9
C	M	U	D	T	B	T		Z	E	W	R	!
=	M	A	X	L	X		U		N	B	D	M
R		I	Z	H	V	M		C	F	W	E	C
V	H	L	B	T	N		E	Ö	I	Ä	N	Ü
*		K	S	N	C	O	P	A	F	Ä	.	Ü
D	C	F	R	T	U	M	K	H	D	E	B	H
G	T	Z	Y	X	V	F	G	T	R	G	Z	J
I	L	O	K	D	R	F	V	B	G	T	Z	T
V	H	J	U	I		L	P	Ö	S	Y	X	?

Personenkartei

Dazu brauchst du nur harte Kartonkarten oder (noch besser): echte Karteikarten.

Eine Knickerbocker-Personen-Karteikarte sieht so aus:

(Foto der Person)

Name:
Alter:
Adresse:
Telefonnummer:
Aussehen:
Besondere Kennzeichen:
Geburtstag:
Notizen:
Mag sehr:
Mag nicht:

Wir haben über jeden unserer Freunde eine Karteikarte. So wissen wir immer, was wir zum Beispiel zu einem Geburtstagsfest mitbringen können. Auf der Karte steht schließlich, worüber sich das Geburtstagskind freut.

Lege dir auch eine Personenkartei an. Beim Ausfüllen der Karten wirst du viel über deine Freunde, deine Eltern, Geschwister, Onkeln, Tanten, Großeltern und Nachbarn erfahren! Das ist ein tolles Detektiv-Training!

Socken in der Suppe

„Wääääää!“, rief Axel und ließ den Löffel fallen.

„Was ist los?“, wollten seine Knickerbocker-Freunde wissen.

Die Bande saß in einem feinen Fischrestaurant, in das sie Herr Schwertli eingeladen hatte. Herr Schwertli testete nämlich Restaurants und Läden und verfasste Bücher über seine Ergebnisse. Axel, Lilo, Poppi und Dominik hatten für ihn bereits einmal gearbeitet. Sie waren damals in der Schweiz unterwegs, um die Kinderfreundlichkeit von Gaststätten und Geschäften auf die Probe zu stellen.

„Wääääää!“, rief Axel.

Herr Schwertli warf ihm einen rügenden Blick zu. „Junge, bitte denke daran, dass wir uns in einem feinen Restaurant befinden.“

Axel verzog den Mund. „Sehr fein, wirklich! Aber ich habe eine Fischsuppe bestellt und keine Sockensuppe.“ Er schnappte die Gabel und fischte einen schmutzigen, ehemals weißen Tennissocken aus der trüben Suppe.

„Igitt!“, riefen nun auch die anderen Knickerbocker und schoben angewidert ihre Teller von sich. Mit einem Schlag schmeckte ihnen das Essen nicht mehr. Wer weiß, was in den anderen Speisen war? Vielleicht Schuhbänder, Taschentücher, Sohlen oder Knöpfe?

„Unerhört!“, schimpfte Herr Schwertli. Er packte den Teller Suppe und stürmte in Richtung Küche. Die vier Junior-Detektive folgten ihm. Sie wollten es sich nicht entgehen lassen, wenn der kleine, rundliche Herr Schwertli den Koch zur Schnecke machte.

Der Restaurant-Tester schoss durch die Schwingtür in die kleine weiße Küche und schnaubte: „Wer ist dafür verantw...?“ Das Wort blieb ihm im Hals stecken. Mit weit aufgerissenen Augen starrte er auf die zwei Männer, die vor ihm standen. Der eine war der Koch. Seine weiße Kleidung und die Kochmütze ließen keinen Zweifel daran. Der andere aber war ein Mann in einer braunen Lederjacke und hatte den Koch am Hals gepackt. Er würgte ihn und beugte den Kochlöffelschwinger immer weiter nach hinten, auf die heiße Herdplatte zu. Er wollte ihm zweifellos das Ohr, die Haare oder das Gesicht verbrennen.

Als der Mann Herr Schwertli bemerkte, ließ er sein Opfer aber augenblicklich los und wischte sich verlegen die Hände an der Hose ab.

„Was ... was soll das?“, wollte Axel wissen.

„Ich habe etwas gegen Tierquäler!“, erklärte der Mann in der Lederjacke. „Ich bin nämlich von der Umweltschutzorganisation ‚Grünstern‘. Wir führen zurzeit die Aktion ‚Rettet die Hummer‘ durch.“

„Das ist eine gute Sache“, meinte Poppi. „Die armen Tiere werden nämlich bei lebendigem Leib in kochendes Wasser geworfen!“

Herr Schwertli schnalzte mit der Zunge. „Tststs ... aber wieso müssen Sie den Koch gleich verletzen? Sie hätten ihm schlimmste Verbrennungen zufügen können!“

Der Mann in der Lederjacke machte ein abfälliges Gesicht. „Na und? Als ich die Küche betreten habe, hat er gerade wieder eines der lieben, roten Tiere in der Hand gehalten. Der Hummer hat wild mit den Scheren geschlagen. Aber sie waren zusammengebunden. Die arme Kreatur konnte sich nicht wehren. Als ich das gesehen habe, bin ich so wütend geworden, dass ich durchgedreht bin.“

Poppi gab den anderen ein Zeichen, zu ihr zu kommen. „Der ... der Mann ist kein Tierschützer.

Er lügt. Der Koch und er kämpfen aus einem anderen Grund“, flüsterte sie aufgeregt. Lilo überlegte fieberhaft, was sie nun unternehmen sollten. Schließlich sagte sie laut: „Aha, und wieso sagen Sie nicht die Wahrheit?“

Der Mann in der Lederjacke wurde knallrot. Da er schwieg, verständigten Herr Schwertli und die Knickerbocker-Freunde die Polizei.

Aus der Zeitung erfuhren sie später, dass der Mann und der Koch gemeinsame Sache gemacht hatten. Der Koch hatte seinem Komplizen gemeldet, wenn besonders wohlhabende Leute im Lokal waren. Sein Partner nahm sich dann ihre Häuser vor, brach ein und stahl alle Wertsachen. Die ahnungslosen Besitzer saßen währenddessen im Restaurant und mussten dort besonders lange auf das Essen warten. Schließlich durften sie unter keinen Umständen zu früh nach Hause kommen.

Doch dann kam es zwischen den Ganoven zum Streit, weil der Koch mehr von der Beute haben wollte. Er drohte, seinen Kollegen bei der Polizei anzuzeigen. Daraufhin ist dieser durchgedreht und hat gedroht, den Koch umzubringen.

Der Socken diente normalerweise als Putzlappen für die Töpfe. Beim Kampf der beiden Ganoven musste er aus Versehen in die Suppe geraten sein. Pech für die zwei!

KRIMI-FRAGE:

Wie kam Poppi darauf,
dass der Mann in der Lederjacke log?

KRIMI-LÖSUNG:

F	R	T	G	V	B	H	N	A	W		Y	X
W	H	V	U	M	F	M	W	E	V	R		M
E	S	W	I	N	;	D	M		:	E	R	!
R	S	E	T		Y	N	%	A	V	C	H	&
V		Z	D	E	B	M	Y		X	K	O	)
(	C	;	H	E	!	N	?		§	R	O	$
Y	T	!	.			;	H	T	F	G	V	F
R	D	E	N	M	K	S	Y	X	W	Q	A	U
Z	P	Ü	*	F	%	V	G	&	U	(	G	)
N	I	=	D	E		R	T	6	T	V	F	C
D	A	S		F	R	C	D	E	W	$	C	F
/	H	B	/	N	H	"	S	X	M	;	?	!
A	D	V	F	G	T	F	T	H	J	I	K	M
N		H	Z	G	R	E	W	S	A	D	E	F
V	F	G	T	Z	H	J	S	C	X	D	E	$
F	R	/	H	U	M	K	L	Ö	Ä	*	F	D
X	S	W	Q	A	X	D	E	$	§	D	R	V
!	C	D	R	&	B	H	)	;	K	=	L	O
?		2	S	H	U	5	4	%		C	D	E
F	R	V	G	H	N	J	U	Z	T	F	D	E
W	A	S	X	D	C	V	R	F	G	T		Z
H	N	J	U	N	J	M	K	R	C	F	B	W

Ergebnis

DIE KNICKERBOCKER BANDE

Wie viele Lupen hast du gesammelt?

63–58 Lupen:
Du bist Meisterdetektiv und Super-Knickerbocker.

57–52 Lupen:
Du bist ein Super-Knickerbocker.

51–46 Lupen:
Du bist ein echter Knickerbocker.

45–40 Lupen:
Du wirst in die Knickerbocker-Bande aufgenommen.

Weniger als 40 Lupen:
Löse noch einmal viele Krimis aus diesem Buch und trainiere mit deinen Knickerbocker-Freunden. Bald wirst auch du ein Meisterdetektiv und Super-Knickerbocker werden!

So schreibst du Geheimbotschaften:

➔ Lege die Karte auf ein Blatt Papier und ziehe links und rechts an den Kanten Linien.

➔ Schon kannst du zu schreiben beginnen. Schreibe Buchstabe für Buchstabe von links nach rechts in die Löcher. Ist eine Zeile voll, die Karte ein Stück weiter nach unten schieben.
ACHTUNG: Die freien Plätze zwischen den Wörtern mit einem kleinen Punkt markieren!

➔ Wenn du fertig bist, nimm die Karte weg. Füge nun irgendwelche Buchstaben bunt gemischt zwischen den Buchstaben deiner Botschaft ein. Dadurch wird sie verschlüsselt. **ACHTUNG:** Wo ein Punkt ein leeres Feld markiert, keinen Buchstaben hinschreiben. Sonst wird es zu verwirrend.

Auflösung von Seite 4:

Als die vier den Zeichenwettbewerb einer Lederhosenfirma gewannen und einander bei der Preisverleihung kennen lernten.

Als Ravensburger Taschenbuch
Band 6114
erschienen 1999

Der Band enthält eine Auswahl aus
„99 heiße Spuren. Ratekrimis Band 1“ und
„Neue heiße Spuren. Ratekrimis Band 2“
von Thomas Brezina, erschienen 1991 und 1992
bei hpt-Verlagsgesellschaft m.b.H. & Co KG, Wien

Umschlagillustration: Ferenc B. Regös
Umschlagfotografie: Martin Vukovits
Innenillustrationen: Atelier Bauch-Kiesel

Printed in Germany

Die Schreibweise entspricht den Regeln
der neuen Rechtschreibung.

2 3 4 5 6 04 03 02 01 00

ISBN 3-473-56114-2

Leseprobe

Dieb an Bord

„Vielleicht habe ich die Goldkette auch nur verlegt“, jammerte Adele Sandbock. Die alte Dame war einen Meter und achtzig Zentimeter groß, mindestens hundert Kilogramm schwer, und wenn sie sprach, klirrten die Kristalllüster an Bord der „Queen Victoria“. Das wollte was heißen. Schließlich war die „Queen Victoria“ ein mächtiger Hochseedampfer, zurzeit unterwegs in der Karibik. Im Augenblick schien Frau Sandbock allerdings sehr verwirrt und äußerst ratlos. Deshalb hatte sie die Knickerbocker-Freunde auch in ihre Kabine gebeten. „Deine Eltern, Dominik, haben mir von euren Abenteuern erzählt. Deshalb dachte ich, ihr könntet mir helfen. Ich will nämlich nicht unnötig Staub aufwirbeln.“

Lieselotte hob die Hand und bat: „Könnten Sie uns zuerst einmal erzählen, was eigentlich geschehen ist?“

Die mächtige Dame versuchte sich genau zu erinnern und nichts auszulassen. „Zu Mittag hat doch der schreckliche Sturm begonnen. Das Schiff hat so geschwankt, dass keiner mehr aufrecht gehen konnte. Deshalb sind alle in ihre Kabinen geflüchtet. So auch ich. Und ich hatte Angst. Große Angst, dass das Schiff sinken könnte. Deshalb habe ich ein Beruhigungsmittel genommen. Ich dürfte aber zu viel davon erwischt haben. Jedenfalls habe ich sehr tief geschlafen. Als ich wieder aufgewacht bin, wurde gerade meine Kabinentür zugezogen. Bis ich mich aufrichten und auf den Gang hinauslaufen konnte, ist fast eine Minute vergangen. Falls jemand in meiner Kabine war, hatte er genug Zeit zu verschwinden. Der Gang war jedenfalls leer."

Dominik wollte den Bericht ein wenig beschleunigen und meinte: „Und danach haben Sie festgestellt, dass Ihre Kette mit den Smaragden verschwunden war?"

Frau Sandbock nickte.

„Haben Sie jemandem erzählt, dass Sie ein Beruhigungsmittel nehmen?", wollte Lilo wissen.

Wieder nickte Frau Sandbock. „Ja, den drei Herren, mit denen ich Karten gespielt habe."

Die Knickerbocker baten sie um die Namen und machten sich auf die Suche. Nachdem sie die Kabinennummern der Herren ausgeforscht hatten, beschlossen sie, alle drei zu besuchen. Der erste, Marius Westhagen, war ein junger Mann, der mit einem seidenen Morgenmantel bekleidet war, als er öffnete.

Wie ein Reporter fragte Axel: „Was haben Sie während des Sturms gemacht?"

Der Mann schien verwirrt. „Wer will das wissen?"

Die Bande grinste. „Wir! Wir schreiben nämlich einen Artikel für die Bordzeitung."

Marius Westhagen schien sehr ungehalten. „Das geht euch überhaupt nichts an. Das ist meine Privatsache!" Er schlug den vieren die Tür vor der Nase zu.

„Es ist eine Parfümwolke aus der Kabine geweht. Ich denke, er hat Damenbesuch!", grinste Dominik.

Der zweite mögliche Dieb hieß Konrad Krammer und überschlug sich vor Freundlichkeit. Er berichtete, dass er sich in den Gängen des Schiffs verirrt hätte und schließlich im Maschinenraum gelandet wäre. „Dort bin ich auf eine der fettigen Maschinen gestürzt und habe mich völlig verdreckt!"

Lieselotte wollte die Flecken gerne sehen, aber das war nicht möglich.

„Die Kleidung befindet sich bereits in der Reinigung“, sagte Herr Krammer und grinste verlegen.

Adolf Leidenfrost hieß der dritte Kartenpartner von Frau Sandbock. Er hielt sich nicht in seiner Kabine auf. Die Junior-Detektive fanden ihn in der Bordbibliothek. Es handelte sich um einen besonders feinen Mann in einem makellosen Anzug. „Ich sitze hier seit vielen Stunden und schreibe Briefe. Das beruhigt mich am meisten!“, erklärte der Herr mit leiser Stimme und zeigte den vier Freunden viele Blätter Papier, die alle mit einer besonders kleinen, engen Schrift fein säuberlich voll gekritzelt waren. „Ich habe trotz des Unwetters völlig die Zeit vergessen. Wie lange ist es her, dass sich der Sturm gelegt hat?“

Dominik warf einen Blick auf die Uhr. „Ungefähr eine Stunde!“

Kurz danach versammelten sich die Junior-Detektive wieder in der Kabine von Adele Sandbock. „Nun?“, fragte die alte Dame.

Lieselotte holte die goldene Kette aus der Tasche und überreichte sie der Besitzerin. „Der Dieb hat sie freiwillig zurückgegeben. Er behauptet, er hat sie nur gestohlen, um ein Stückchen von Ihnen zu besitzen. Er wäre nämlich ein großer Verehrer von Ihnen!“, erzählte das Superhirn grinsend.

KRIMI-FRAGE:

Wer ist der Dieb?

Wodurch hat er sich verraten?

KRIMI-LÖSUNG:

A	W	D	O	)	L	V	F	S		L
E	F	I	D	%	E	“	N	A	F	R
O	;	S	T	&	.	Z		J	W	E
N	V	N		$	D	“	A	W	S	
S	V	C	H	/	I	R	F	B	F	
S	Q	C	H	U	W	Ä	A	;	N	K
T	O	,		I	I	S	S	T	T	
E	G	S		Z	U	B	N	Ä	M	Ö
G	J	L	I	Y	C	B	H	M	,	
B	Z	R	I	/	E	“	F	A	E	
S	W	O		%	Z	H	U	W		S
C	Q	H	R	(	E	Ü	I	=	B	E
N	J	.		Z		E		W		

Ein Fall aus:
„Unternehmen Wüstenwurm“,
Ratekrimis Band 6 (RTB 6116)
von Thomas Brezina.

DIE KNICKERBOCKER-BANDEN-CHECKLISTE

KREUZE EINFACH DIE KNICKERBOCKER-BÄNDE AN, DIE SCHON IN DEINEM REGAL STEHEN.

- ❑ 1 Rätsel um das Schneemonster
- ❑ 2 Ein Ufo namens Amadeus
- ❑ 3 Lindwurmspuk vor Mitternacht
- ❑ 4 Wenn die Turmuhr 13 schlägt
- ❑ 5 Bodenseepiraten auf der Spur
- ❑ 6 Das Phantom der Schule
- ❑ 7 Die Tonne mit dem Totenkopf
- ❑ 8 Wo ist der Millionenstorch?
- ❑ 9 Treffpunkt Schauermühle
- ❑ 10 Der Fluch des Schwarzen Ritters
- ❑ 11 Die Nacht der Weißwurst-Vampire
- ❑ 12 Schokolade des Schreckens
- ❑ 13 Der Ruf des Gruselkuckucks
- ❑ 14 Jagd auf den Hafenhai
- ❑ 15 Das Zombie-Schwert des Sultans
- ❑ 16 SOS vom Geisterschiff
- ❑ 17 Die Rache der Roten Mumie
- ❑ 18 Kolumbus und die Killerkarpfen
- ❑ 19 Die Gruft des Barons Pizza
- ❑ 20 Insel der Ungeheuer
- ❑ 21 Frankensteins Wolkenkratzer
- ❑ 22 Der tätowierte Elefant
- ❑ 23 Die Drachen-Dschunke
- ❑ 24 Der weiße Gorilla
- ❑ 25 Der Grüne Glöckner
- ❑ 26 Im Dschungel verschollen
- ❑ 27 Im Tal der Donnerechsen
- ❑ 28 Titanic, bitte melden!
- ❑ 29 Der Eiskalte Troll
- ❑ 30 Im Reich des Geisterzaren
- ❑ 31 Der Bumerang des Bösen
- ❑ 32 Kennwort Giftkralle
- ❑ 33 Das Riff der Teufelsrochen
- ❑ 34 Das Geheimnis der gelben Kapuzen
- ❑ 35 Der Geisterreiter
- ❑ 36 Im Wald der Werwölfe
- ❑ 37 Die giftgelbe Geige
- ❑ 38 Das Haus der Höllensalamander
- ❑ 39 Das Biest im Moor
- ❑ 40 Die Maske mit glühenden Augen
- ❑ 41 Die Hand aus der Tiefe
- ❑ 42 13 blaue Katzen
- ❑ 43 Die Rote Mumie kehrt zurück
- ❑ 44 Die Höhle der Säbelzahntiger
- ❑ 45 Der Mann ohne Gesicht
- ❑ 46 Hinter der verbotenen Tür
- ❑ 47 Das Phantom der Schule spukt weiter
- ❑ 48 Der unsichtbare Spieler
- ❑ 49 Es kam aus dem Eis
- ❑ 50 Der Schrei der goldenen Schlange
- ❑ 51 Der Schatz der letzten Drachen
- ❑ 52 Das Wesen aus der Teufelsschlucht
- ❑ 53 Das Diamantengesicht

DIE KNICKERBOCKER BANDE

DIE KNICKERBOCKER BANDE
DIE KNICKERBOCKER BANDE
NEU
als Hörspielserie!
3 Thomas Brezina
DER UNSICHTBARE SPIELER
2 Thomas Brezina
TITANIC, BITTE MELDEN!
4 Thomas Brezina
DAS GEHEIMNIS DER GOLDENEN SCHLANGE
Ravensburger
1 Thomas Brezina
DER SCHATZ DER LETZTEN DRACHEN
Ravensburger
Die spannendsten Abenteuer der Knickerbocker-Bande an den aufregendsten Plätzen der Erde.
Jetzt in einer neuen Dimension.
Spannung pur auf CD oder MC.
Ravensburger